U0111207

草窗詞

黃兆漢　編著

謹以此書獻給曲學大師

羅錦堂教授

目錄

卷二

卷三（前）

卷三（後）

論學詞宜從草窗入手（代序） | 黃兆漢

二十多年前（1996）我與門人司徒秀英博士編著了一本名為《宋十大家詞選》的詞籍，收錄了柳永（約 984- 約 1053）、晏幾道（小山，約 1030- 約 1106）、蘇軾（東坡，1036-1101）、秦觀（淮海，1049-1100）、周邦彥（清真，1056-1121）、辛棄疾（稼軒，1140-1207）、姜夔（白石，約 1155- 約 1221）、吳文英（夢窗，約 1200- 約 1260）、王沂孫（碧山，約 1248- 約 1291）和張炎（玉田，1248- 約 1320）等十人的詞作一百篇，而沒有選錄周密（草窗，1232-1298）的作品，最主要的原因是，他在詞的創作方面的成就比不上柳永等十人；換言之，他不是我們眼中的所謂「宋十大詞家」之一。不過，倘若我們從另一角度去評估周密，或說得正確一點，從雅詞（或騷雅詞）或「格律派」詞去看周密詞的話，他便會入選，成為「宋十大詞家」之一。又如果我們將挑選詞人的範圍縮窄在南宋和限於騷雅或「格律派」詞的話，周密一定入選於五名之內。這五名是：姜夔、吳文英、周密、王沂孫和張炎。當我和秀英編著《宋十大家詞選》時，周密沒有資格入選的另外一個原因是，或多多少少是，要讓位給辛棄疾，一個雖然不是「格律派」詞人，但他的詞作實際上好到不能不令到他入選！

說實話，草窗在南宋，甚至在整個宋代的詞史上都是一個很重要的詞人，他的地位是不容忽視的。他的詞風獨特，個人面目鮮明，是很值得我們重視、研究和學習的。

草窗既然是「騷雅詞派」或「格律詞派」的重要分子，他的詞風自然是從姜白石而來，或說為受白石影響。白石詞清空騷雅，是「騷雅詞派」或「格律詞派」的始創者，影響後世至為深遠，從南宋開始，經元、明、清，直至現代而不衰。草窗詞，無論「思」或「筆」（即詞意和技巧方面）都顯而易見和毫無疑問地，受到白石詞影響。

草窗詞不獨受白石詞影響，還受夢窗詞影響。這即是說，草窗詞不單止「清空」，而且「麗密」（夢窗詞以「麗密」見稱）。清代詞學聲律專家戈載（1786-1856）指出說：

> 「其詞盡洗靡曼，獨標清麗，有韶倩之色，有綿渺之思，與夢窗旨趣相侔，二窗並稱，允亦無忝。其於律亦極嚴謹……」（《宋七家詞選》）

同時代的著名詞家陳廷焯（1853-1892）則說得更為清楚：

> 「夢窗、草窗大致相同，……兩家之師白石，取法皆同。」（《雲韶集》）

戈載和陳廷焯之言是與事實相符的，亦是頗為中肯的。的確，草窗詞的風格特色是「清麗」，而這「清麗」詞風的形成是受了白石詞和夢窗詞的影響。說得清楚一點，草窗詞的「清」是取自白石詞的「清空」，而其「麗」則取自夢窗的「麗密」。換言之，草窗將白石的「清空」（或「清空騷雅」）和夢窗的「麗密」（或「麗密精工」）融為一體，又能轉益多師，如同時向周邦彥，甚至陳去非（1090-1138）學習（根據草窗《自銘》，他的長短句似陳去非），終於自成格調，創造出自己獨特的「清麗」詞風。清代著名詞論家

周濟（1781–1839）便認為草窗詞「新妙無與為匹」（見《介存齋論詞雜論》）和「精妙絕倫」（見《宋四家詞選・序論》），說的都是草窗的「清麗」詞風。

於此不能不提的是，草窗的音樂修養甚高，因為他曾向當時的音律大師楊纘（約 1241 年前後在世）學習詩詞聲律之學。故此在其《草窗詞》（現存 152 篇）中「律韻兼精」（見戈載《宋七家詞選》語）的作品不少。

草窗不獨精於填詞，更能寫詩，詩集有《草窗韻語》六卷。他學識淵博，才力富贍，又着意歷史，專心著書。筆記有《武林舊事》、《齊東野語》、《癸辛雜識》、《志雅堂雜抄》、《浩然齋雅談》、《雲煙過眼錄》等，俱為很有歷史價值的著作。他對詞學貢獻最大的是，曾編纂的《絕妙好詞》七卷。這本詞選收錄了南宋初期張孝祥（1132–1169）至宋末元初仇遠（1247–1326）等共 132 位詞家的作品，而以他自己的作品入選最多，共 22 首。其次為夢窗，16 首；再其次為白石，13 首。入選的標準是「雅詞」──符合草窗所謂「雅詞」的標準。雖然入選的詞人或作品或有待商榷，但南宋不少詞作卻能賴以保存，我認為這是此詞集的最大貢獻。

可見草窗不獨有才，而且有學，他是個「學藝雙攜」的大詞人，這一點是使到他成為當時文壇領袖的一個很重要因素。環繞着他的有不少當時的詩人、詞家和學者。單就詞人方面來說，有王沂孫、張炎、仇遠等十多名的一群詞家。他們都是南宋遺民，常常互相唱和，且寫過不少詠物詞。詞史上有名的詞籍《樂府補題》便收錄了他們 14 人（包括草窗）的詠物詞，共 37 首。詞中的龍涎香、白蓮、

蓴、蟹、蟬等並非區區賦物而已，實際上皆寓其家國無窮之感。

草窗的「清麗」詞風是基於其兩大因素：一、形式，二、內涵。所謂「形式」指文字技巧和音律方面，「內涵」指詞境、詞意或寄興託意方面。過往不少詞學家都或多或少接觸到或指出過，只是他們說得較為抽象或不夠清楚而已。不過，無論如何，他們的評論是值得我們參考的。至少他們總算提出了對草窗的個人意見。例如：

楊纘說：「草窗樂府妙天下。因請其所賦觀之，不寧惟協比律呂，而意味迥不凡。」（見王橚《蘋洲漁笛譜》跋引）

周濟說：「公謹敲金戛玉，嚼雪盥花，新妙無與為匹。……才情詣力，色色絕人，終不能超然遐舉。」（見《介存齋論詞雜著》）

又說：「草窗縷冰刻楮，精彩絕倫；但立意不高，取韻不遠，……」（見《宋四家詞選‧序論》）

鄧廷楨（1776–1846）說：「弁陽翁工於造句，如……不可枚舉。」（見《雙硯齋詞話》）

陳廷焯說：「周公謹詞，刻意學清真，句法字法，居然合拍。惟氣體究去清真已遠……」（見《白雨齋詞話》）

又說：「草窗、西麓、碧山、玉田同時並出，人品亦不甚相遠，四家之詞，沉鬱至碧山止矣。……草窗雖工詞，而感遇不及三家之正。本原一薄，結構雖工，終非正聲也。」（見《白雨齋詞話》）

又說：「草窗詞，風骨高，情韻深，有夜月秋雲之妙。」

（見《雲韶集》）

又說：「草窗詞亦是取法白石，而精深雅秀，盡有獨至處。……草窗亦不僅軒豁呈露，其骨韻之高，乃與夢窗無二，真一時兩雄也。」（同上）

張德瀛（？-1914，長於詩詞）說：「太史公文，疏蕩有奇氣；吳叔庠文，清拔有古氣。詞家惟姜石帚、王聖與、張叔夏、周公謹足以當之。數子者感懷君國，所寄獨深。非以曼辭麗藻，傾炫心魂者比也。」（見《詞征》）

王國維（國學大師，1877-1927）說：「朱子謂：『梅聖俞詩，不是平淡，乃是枯槁。』余謂草窗、玉田之詞亦然。」（見《人間詞話》）

又說：「梅溪、夢窗、玉田、草窗、西麓諸家，詞雖不同，然同失之膚淺。雖時代使然，亦其才分有限也。」（同上）

蔣兆蘭（詞學家）說：「草窗詞品，雖與夢窗相近，然煉不傷氣，自饒名貴。」（見《詞說》）

陳匪石（著名詞學家，1884-1959）說：「蓋周氏在宋末，與夢窗、碧山、玉田諸人皆以淒婉綿麗為主，成一大派別。」（見《聲執》）

夏敬觀（著名詩人及詞家，1875-1953）說：「色彩鮮新，音響調利，是其所長。然內心不深，則情味不永，是詞才有餘，詞心不足也。」（見《映庵詞評·蘋洲漁笛譜》）

又說：「調利則無澀味，鮮新則非古彩，所以下夢窗一等。總之愛好太過，亦是一病。」（同上）

李慈銘（清末詩人，1830–1895）說：「南宋之末，終推
草窗、夢窗兩家為此事眉目，非碧山、竹屋輩所可頡
頏。」（見《孟學齋日記》）

綜觀以上對草窗的評論，大致上可以說，歷來詞學家對其技巧是肯
定的，即是說，對其形式上的藝術成就評價是頗高的；但是，對其
內涵（即詞意）的藝術成就是仍有保留的，換言之，他們大多數都
認為不夠理想。我認為說得最切要精簡的是夏敬觀。他說，草窗
「詞才有餘，詞心不足」。所謂「詞才」是指填詞的技巧，而「詞心」
是指填詞的心境。「詞心不足」，即是他所說的「內心不深」；由於
「內心不深」，而引致「情味不永」。「不永」者，即不綿長也。故
此，大體上說，草窗詞以技巧見稱，而淺於內涵。《論語》有這樣
的一段說話：

「子謂《韶》，『盡美矣，又盡善也。』謂《武》，盡美
矣，未盡善也。」（見《八佾篇》）

《韶》是舜時的樂曲名，《武》是周武王時樂曲名。而今草窗詞，極
其量只是「盡美矣，未盡善也」的周武王時的樂曲而已。說得清楚
一點，草窗詞的「盡美」在其技巧形式，而其「未盡善」者卻是其
內在的詞意、意境。

無疑，草窗是宋代的一位大詞人，《草窗詞》是詞史上的一大傑作。
所以，《草窗詞》自然值得我們珍惜，研究和細讀。現在的問題是，
如果我們想成為一名詞人的話，我們是否應「學草窗」，或說走草
窗一路，以草窗為終極的學習對象？如果真的如此的話，我認為我

們的志向未免偏小，而我們應該有更大的志向，即應該走「向上一路」，如學夢窗、白石或清真。（這當然指我們決心走「騷雅詞派」或「格律詞派」的路綫）因為這三位詞人的成就都在草窗之上。這並不是我個人的意見，而是，或差不多是，天下之公言。又如果我們決定不走草窗一路的話，那麼，我們又是否仍應該讀草窗？讀草窗是毫無可疑的，因為至少可以從中學到很多作詞的技巧，畢竟草窗是一大詞家。但，讀草窗總有一個方法，不能隨意地亂讀的。讀草窗的方法不是「如何」（how）的問題，而是「何時」（when）的問題。說得明白一點，當我們磨練自己，要成為一個詞人而讀過往詞家的作品時，我們應該在甚麼時候或哪一個階段讀草窗？初期？中期？晚期？或隨時而不論甚麼時期？這是很關鍵的，不應該掉以輕心的。且先看清朝詞論家周濟幾句詞評史上名句：

> 「問塗碧山，歷夢窗、稼軒，以還清真之渾化。余所望
> 於世之為詞人者蓋如此。」（見《宋四家詞選‧序論》）

這是「常州派」詞人周濟所提出的學詞途徑。我頗為欣賞他的提議，但並不完全認同。我在拙著《宋七家詞精選語譯》中的一篇專論《宋七家的詞風、影響及其在詞史上的地位》作了一點修訂，提出我的看法：

> 「問途碧山，旁及草窗；歷夢窗、白石，參梅谿、玉
> 田；以還清真之渾化。」

我所提出的學詞途徑，大體上仍沿襲周濟，只是多添了幾個詞人而已。其中的理由已詳見上述拙文，於此不再贅述了。讀者有興趣的

話，自可找原文一讀。於此，我不厭其煩，只稍談論「問途碧山，旁及草窗」一環節。這是學詞的第一個環節，即是初學或入手學詞的第一個環節，所以是極為重要的。我認為，無論藝或學，入手的工夫至為緊要，故最宜關注，因為將來的發展是以這環節為基礎的。有基礎，將來自然有發展；基礎打得好，將來的發展自然順利，否則事倍功半，舉步惟艱！

周濟提出學詞的最初環節：「問途碧山」是對的，是百分之百對的。為甚麼？我同意他這樣評論碧山：「詞以思筆為入門階陛。碧山思筆，可謂雙絕。」（《宋四家詞選・序論》）所謂「思筆」是指詞意和技巧兩方面。既然碧山詞，內有詞意和外有技巧，當然是學詞者的學習對象，尤其是初學者，因為他們可從一個詞人中同時學到了兩種他們應該學習的東西！清人戈載也有相似的評論，說：「其（指碧山）詞運意高遠，吐韻妍和。其氣清，故無沾滯之音；其筆超，故有宕往之趣。」（見《宋七家詞選》）晚清陳廷焯最推崇碧山，他說：「王碧山詞，品最高，味最厚，意境最深，力量最重，……碧山詞，觀其全體，固自高絕；即於一字一句間求之，亦無不工雅。」（見《白雨齋詞話》）這是周濟所說的「思筆雙絕」的進一步或更深入的闡述，故可知學詞者初從碧山入手是絕對正確的。就算清末大詞人況周頤（1859–1926）也說：「初學詞，最宜讀《碧山樂府》……準繩規矩極佳。」（見《蕙風詞話》）但為甚麼我認為「問途碧山」的同時要「旁及草窗」呢？換言之，為甚麼學詞的人同時要從碧山和草窗兩人入手呢？是碧山不夠好嗎？不是。那麼，是甚麼原因呢？原因是，「碧山饜心切理，言近指遠，……隸事處以意貫串，渾化無痕。」（周濟語，見《宋四家詞選・序論》）又往往「運意高

遠」（戈載語，見《宋七家詞選》）。碧山詞之所以能有如此高妙的詞境，直接與其語言技巧有關。很多時碧山用字造句都較為幽隱，大概這就是周濟所說，碧山詞之「幽折處」（見《宋四家詞選‧序論》）；而這「幽折處」比白石更甚（周濟說其「幽折處大勝白石」）！

我認為初學詞的人應學碧山的「思」，即詞意；而不能勉強學他的「筆」，即文字技巧，因為它過於「幽折」，難於掌握。要學也學不來的，要勉強也勉強不來的。但是，詞是語言文字的藝術，於此重要關頭，草窗便大派用場了。草窗詞此際實有補救的作用。既然碧山之「筆」初學者學不來，那麼便應轉向草窗學習了。前文已指出過，草窗詞「盡洗靡曼，獨標清麗」（戈載語），「縷冰刻楮，精妙絕倫」（周濟語），是以語言文字技巧見稱的，故此最宜初學詞的人學習。畢竟，詞是語言文字藝術，故語言文字技巧一定要掌握得好，然後始能言其他。我們於此可以簡單地分析碧山詞與草窗詞如下：

$$
\begin{array}{l}
碧山詞 \nearrow 筆（形式）\\
\quad\quad \searrow 思（內涵）\searrow \\
\quad\quad\quad\quad\quad\quad + \\
草窗詞 \nearrow 筆（形式）\nearrow \\
\quad\quad \searrow 思（內涵）
\end{array}
$$

初學者宜特別注意碧山詞之「思」和草窗詞之「筆」。我所說的「問途碧山，旁及草窗」，實際上是說以碧山為正，而以草窗為副；「正」是指「思」，「副」是「筆」。「思」是詞意，「筆」是技巧。詞意固然重要，但技巧同樣重要！沒有技巧，就算有詞意，亦不能表達出

來。正如我們寫畫，縱然胸有成竹，手無筆墨亦屬枉然而已！

當然，一個大詞人，他的詞自然有「思」亦有「筆」，就碧山與草窗而言，碧山之「思」最深（陳廷焯說：「王碧山詞，……意境最深。」）但其筆較為「幽折」（周濟語）。草窗雖然「立意不高，取韻不遠」（周濟語，見《宋四家詞選・序論》）然而，草窗之「筆」「獨特清麗」（戈載語）「精妙絕倫」（周濟語）。可謂各有優劣。只要初學者善學，自然可以從中獲得所需營養，得其所哉！

記得《論語》有這樣一段說話：

> 「質勝文則野，文勝質則史。文質彬彬，然後君子。」

如果，站在我們的立場，可以將「質」解作「內涵」或「思」的話，又可以將「文」解作「形式」或甚至「筆」的話，那麼，「文」和「質」，或說「形式」和「內涵」，或說「筆」和「思」兩者配合適當，這才是一篇美好的詞作！

拙文《宋七家的詞風、影響及其在詞史上的地位》有這樣一段說話：

> 「學習碧山詞固然好，但恐防它們『言近指遠』，又『運意高遠』（分別見周濟《宋四家詞選・序論》和戈載《宋七家詞選》），寄託遙深，學詞之人只顧其內，忽略其外，故以草窗之外在形式——『清麗』的語言技巧去補救，務使學詞之人內外兼顧，不偏於一端。這是學詞的第一步，是基本功，是道家或煉丹家所強調的『築基』功夫，至為要緊，不能隨便處之。」

不知讀者以為然否？

簡言之，涵養詞意（「思」）之同時，要盡量掌握技巧（「筆」）；或說，學習碧山的同時，亦要學習草窗，這是詞人的第一步，或說入手處。做好了第一步，始能更進一步，或說第二步。從碧山可上追白石，從草窗可通到夢窗；再從白石與夢窗，便可通往清真了。或者，詞人可走以下的一條路徑：

即是說：「問途碧山、草窗，歷白石、夢窗，以還清真之渾化。」未知，如果泉下的周清真有知的話，他會同意否？

還記得，五十多年前的上世紀六十年代中期，我於香港大學中文系讀書的一小片段。當時（1966年）我修讀羅錦堂教授（1927年生）的「元明戲曲」，羅老師要我們寫一篇畢業論文。因為我對元雜劇最感興趣，故決定研究元雜劇，作為論文的研究對象，但研究哪一家或哪一個雜劇呢？幾經考慮，我打算研究王實甫（1260–1336？）的《西廂記》。當我向羅老師請教時，羅老師對我說：「好！研究《西廂記》好。就寫《西廂記》吧。」當時我心中十分高興，且面露笑容。羅老師繼續說：「《西廂記》是個成熟的雜劇，無論體制、曲白、故事、分場、人物描寫等等，都處理得十分好。搞清楚《西廂記》，其他雜劇便可應刃而解了！研究雜劇，以《西廂記》入手最適當。」這幾句鼓勵性的說話激發起我以雷霆萬鈞的奮勇和力量

研究《西廂記》，我竟在不到五個月的短短時間內寫完了我的洋洋十五萬字的畢業論文——《西廂記研究》，且得到羅老師讚賞。

我很相信，研究學術，入手是很重要的。適當的入手，對將來的前進一定有大的幫助。學詞也不例外，學草窗可通往夢窗，再從夢窗便可通往我們學詞的終極目標清真了——「以還清真之渾化」！

2023 年 4 月初稿

卷一

一——五十二

宋亡前作品，五十二首；
大體依年代先後排列。

一‧長亭怨慢

（歲丙午丁未，先君子監州太末，時刺史楊泳齋員外，別駕车存齋，西安令翁浩堂，郡博士洪恕齋，一時名流星聚，見為奇事。倅居據龜阜，下瞰萬室，外環四山，先子作堂曰「嘯詠」，撮登覽要。蜿蜒入後圃，梅清竹癯，虧蔽風月。後俯官河，相望一水，則小蓬萊在焉，老柳高荷，吹涼竟日。諸公載酒論文，清彈豪吹，筆研琴尊之樂，蓋無虛日也。余時甚少，執杖屨，供灑掃，諸老緒論殷殷，金石聲猶在耳。後十年過之，則徑草池萍，撫然葵麥之感，一時交從，水逝雲飛，無人識令威矣！徘徊水竹間，悵然久之，因譜白石自製調，以寄前度劉郎之懷云。）

————————————‧————————————‧————————————

記千竹、萬荷深處。綠淨池臺，翠涼亭宇。醉墨題香，閑簫橫玉盡吟趣。勝流星聚。知幾誦、燕臺句。零落碧雲空，嘆轉眼，歲華如許。

凝竚。望涓涓一水，夢到隔花窗戶。十年舊事，儘消得，庾郎《愁賦》。燕樓鶴表半飄零，算惟有、盟鷗堪語。謾倚遍河橋，一片涼雲吹雨。

● 語譯

我仍記得，在種着千竹萬荷深處這個地方：那裏有環繞着潔淨綠水的池臺和藏在翠樹陰涼之中的亭宇。當時的客人都帶着醉意，以蘸滿香墨的筆題詩；或引洞簫吹玉笛，盡情吟詠他們感興趣的事物。一時的名士如天上的星星，聚在一起。記不清楚他們朗誦了多少篇如李商隱寫的《燕臺詩》那麼優美的詩篇了。而今這些名士已零落殆盡了，如碧天上的浮雲散盡一般。我慨歎，轉眼間光陰就如此一去不回了。

我站着出神。我望着河水細細流逝，我幻想着昔日隔着花叢的窗戶。這是十多年前的舊事了，我的愁懷正如昔日庾信一樣啊！真抵消得他所寫的《愁賦》了。唐代名伎關盼盼所居的燕子樓和道教崇奉的古代仙人丁令威化鶴歸遼時所集之華表，一半已經不存在了。我推算，只有與我有盟約的沙鷗還值得共語而已。我不經意地在河橋上隨處倚憑，忽然吹起一陣驟雨，涼雲也隨之消散了。

二・玲瓏四犯 ｜ 戲調夢窗

波暖塵香，正嫩日輕陰，搖蕩清晝。幾日新晴，初展綺
枰紋繡。年少忍負韶華，儘占斷，豔歌芳酒。看翠簾、
蝶舞蜂喧，催趁禁煙時候。

杏腮紅透梅鈿皺，燕將歸、海棠廝勾。尋芳較晚東風
約，還在劉郎後。憑問柳陌舊鶯，人比似、垂楊誰瘦？
倚畫闌無語，春恨遠，頻回首。

● 語譯

水波溫暖，塵埃充滿了香氣。這正是天亮不久，但仍有點陰暗不定地在清早和白晝變幻那！這幾天都較為清新晴朗，枰仲花剛剛開放，展現出一片爛漫錦繡。年青的男士怎能忍受辜負大好的時光呢？故他們盡量聽豔歌和飲美酒；又趁着寒食節將臨之際，觀賞翠簾外蝴蝶飛舞和蜜蜂喧鬧。

杏花如美女的臉腮一般通紅了，而梅花如鑲嵌金花的首飾一般生起褶紋。燕子將快回來了，而海棠花及時綻開，如要接待它們似的。夢窗啊，你這個詞人，找尋你的情人實在較為晚了！你與東風的約會比起唐代的劉禹錫與桃花的約會還要落在他之後呢！你應該憑着那些常在柳陌出現的伎院舊友，打聽一下她現時的情況，看看她與垂楊相比，誰較為消瘦呢！但，你徒然倚憑着美麗的闌干，不言不語，只怨恨春光已經遠去，以及頻頻回首悵望而已。

三·大聖樂 ｜ 次施中山蒲節韻

虹雨霽風，翠縈蘋渚，錦翻葵徑。正小亭、曲沼幽深，簞枕夢回，苔色槐陰清潤。暗憶蘭湯初洗玉，襯碧霧、籠綃垂蕙領。輕粧了，裊涼花絳縷，香滿鸞鏡。

人間午遲漏永，看雙燕將雛穿藻井。喜玉壺無暑，涼涵荷氣，波搖簾影。畫舸西湖渾如舊，又菰冷蒲香驚夢醒。歸舟晚，聽誰家、紫簫聲近。

◉ 語譯

夏雨灑過和霉風吹過之後，長滿蘋草的水中小洲呈現出一片翠綠色，如被它環繞着一般。種滿葵花的路徑也變得錦繡燦爛了。這個時候，我正在小小的亭子臥着竹蓆和倚着竹枕睡覺。一覺醒來，我發覺原來我處在一個曲曲折折的池沼中，幽幽深深；旁邊的槐樹，長滿苔蘚，顯得陰暗、清冷和潤澤。我稍為記得，當時（蒲節之時）她以香草煎成的熱水剛剛沐浴之後，襯着如碧霧一般的水氣仍未消失之前，穿上綃造的衣服，垂下了如蕙蘭一般的衣領。她輕輕地粧扮一下，插上一些細長柔軟的冷色花朵和一些深紅色的絲縷。頓時，具有鸞鳳圖案的銅鏡都罩滿了香氣！

我無事可做，故覺得午間遲來，而更漏頗長。我看着一雙雛燕在那裏飛舞，穿過繪有菱形花紋的天花板。我愛西湖水，它清冷得如玉壺之冰，將夏天的暑氣都消解了；同時，荷花的秀氣亦頗為清涼，更襯着波浪微微搖動，在窗簾上投射了可愛的影子。我坐在畫舫上，覺得西湖完全像昔日一般，卻又一次被菰蒲的冷香驚醒了我的美夢。歸去之時已經入夜了，我聽見一片紫簫之聲就在附近，但它是從哪戶人家傳出來的呢？

四・拜星月慢

（癸亥春，沿檄茆溪，朱墨日賓送，忽忽不知芳事落鵑聲草色間。郡僚間載酒相慰，薦長歌清醑，正爾供愁。客夢栩栩，已飛度四橋煙水外矣。醉餘短弄，歸日將大書之垂虹。）

---・---・---

膩葉陰清，孤花香冷，迤邐芳洲春換。薄酒孤吟，悵相如遊倦。想人在，絮幕香簾凝望，誤認幾許，煙檣風幔。芳草天涯，負華堂雙燕。

記簫聲、淡月梨花院，研箋紅、謾寫東風怨。一夜落月啼鵑，喚四橋吟纜。蕩歸心，已過江南岸，清宵夢、遠逐飛花亂。幾千萬縷垂楊，剪春愁不斷。

● 語譯

綠色的樹葉，長得茂盛有光澤，給人一種陰涼且清冷的感覺。花朵綻開得不多，比較孤獨，卻散發出幽冷的香氣。曲折連綿的美麗水中小洲就在這個情況下換來了春天！我稍為喝些酒之後，便獨個兒吟詠。正如漢代的辭賦家司馬相如一般，我已厭倦到處遊歷了，故心情頗為惆悵。我可想像的是，有人在沾滿花架的帳幕下和凝結着香氣的窗簾前定神張望，冀盼我歸去，但他們曾多少次誤會煙霧中的船桅和風中的船帆是載我歸去的船隻呢！此際，我遠在天邊，所見的只有芳草，因而辜負了家中華堂裏的一雙等待我回去的燕子！

我還記得，當日在淡淡月色之下和長滿梨花的院子裏，我吹奏玉簫的美事。此刻我只用紅硯箋隨意地寫下怨恨東風的詩句，以寄情懷而已。這一晚，月落鵑啼，驚醒了棲宿在垂虹橋（在吳江）畔吟船的我。我的歸心蕩漾，盼望着盡快歸家，而這時已越過江南岸了！我整晚做夢，夢境隨着紛亂的飛花，飛到很遠的地方。我的春愁如幾千萬縷的垂楊，繁多而悠長，縱使我努力去剪除它們，也剪除不斷呢！

五 · 木蘭花慢 ｜ 蘇堤春曉

（西湖十景尚矣，張成子嘗賦《應天長》十闋，誇余曰：「是古今詞家未能道者。」余時年少氣銳，謂：「此人間景，余與子皆人間人，子能道，余顧不能道耶？」冥搜六日而詞成，成子驚賞敏妙，許放出一頭地。異日霞翁見之，曰：「語麗矣，如律未協何？」遂相與訂正，閱數月而後定。是知詞不難作，而難於改；語不難工，而難於協。翁往矣，賞音寂然。姑述其概，以寄余懷云。）

恰芳菲夢醒，漾殘月，轉湘簾。正翠崦收鐘，彤墀放仗，臺榭輕煙。東園，夜遊乍散，聽金壺、逗曉歇花籤。宮柳微開露眼，小鶯寂妒春眠。

冰奩，黛淺紅鮮。臨曉鑑，競晨妍。怕誤卻佳期，宿粧旋整，忙上雕軿。都緣，探芳起早，看堤邊、早有已開船。薇帳殘香淚蠟，有人病酒懕懕。

● 語譯

這是美麗的柳花剛剛夢醒的時候啊！將殘的月色如水波一般
動蕩，已轉去照着湘水旁邊的簾幕了。此際正時藏在翠綠色
山巒的曉鐘停止傳出聲音，而朝廷上的階陛的儀仗開始，準
備早朝之時呢！處處的樓臺和房屋都升起了淡淡的炊煙。看
看東邊的花園啊，晚間的冶遊剛剛解散，聽見銅壺更漏的刻
有花紋的漏箭已經停止移動，因為天已破曉。宮中的柳葉微
微地張開它們帶有露水的眼睛，小小的黃鶯卻感覺寂寞而妒
忌人們猶在這時的春光睡覺！

湖水平明如鏡啊！它呈現出淺淺的青黑色，同時染上了新鮮
的紅色，因為旭日已初升呢！它像美女一般，對着天曉之
鏡，在清晨爭妍鬥麗。它恐怕耽誤了寶貴的時間，故快速地
將昨夜的打扮整理，換上新粧，匆忙地登上有雕繪的華貴車
輛。這是有因由的，全是為了要遊春賞花而盡早起牀！你看
啊，堤岸旁邊不是早已有船開出嗎？可是，在繡有薔薇花的
帷帳裏，香消燭殘之時，仍有人飲酒至醉，如患病一般，無
精打彩呢！

六 · 木蘭花慢 ｜ 平湖秋月

碧霄澄暮靄，引瓊駕，碾秋光。看翠闕風高，珠樓夜午，誰搗玄霜。滄茫，玉田萬頃，趁仙查、咫尺接天潢。彷彿凌波步影，露濃佩冷衣涼。

明璫，淨洗新粧。隨皓彩，過西廂。正霧衣香潤，雲鬢紺濕，私語相將。鴛鴦，誤驚夢曉，掠芙蓉、度影入銀塘。十二闌干竚立，鳳簫怨徹清商。

● 語譯

青綠色的天空很澄淨。沒有半點夜間的雲氣之時，月神駕着玉車，碾着月光飛馳而過。你看啊，碧玉造的宮殿在高風之中，珠玉造的樓臺在午夜之時，誰人持玉杵搗練秋霜呢？滄茫一片，多大的空間啊！遙望天際，如玉造的田野萬頃那麼廣闊。趁着有仙槎之便，湖水與天河相接不過是咫尺之遙而已！這彷彿似仙子於露水濃重，帶着寒氣，且衣服清涼，踏着微波姍姍而來的時候。

天空中的明月真似夜明珠造的耳珠啊！它洗淨鉛華，換過了一個新的粧扮。它跟隨着浩大的天光雲彩，轉過了西廂。這正是染滿了霧水的衣服散發出濕潤的秀氣，黑色帶紅的雲鬢被沾濕和情侶間私語互相交談的時候。他們這一對鴛鴦啊！他們驚醒，誤會以為是夢曉之時，故掠過荷花，雙雙並影，進入泛起銀色光輝的池塘。他們站立在築有十二闌干的地方，吹奏可以引鳳之簫，聲音幽怨，一如古曲《清商曲》那麼幽怨呢！

七・木蘭花慢　｜　斷橋殘雪

覓梅花信息，擁吟袖，暮鞭寒。自放鶴人歸，月香水影，詩冷孤山。等閑，泮寒睍暖，看融城、御水到人間。瓦隴竹根更好，柳邊小駐遊鞍。

琅玕，半倚雲灣。孤棹晚，載詩還。是醉魂醒處，畫橋第二，奩月初三。東闌，有人步玉，怪冰泥、沁濕錦鴛斑。還見晴波漲綠，謝池夢草相關。

● 語譯

這裏的環境為人提供了尋覓梅花的信息。我攜帶着吟詠的
工具，騎上馬匹，在暮寒之中尋找梅花。自從放鶴的詩
人——北宋林和靖仙逝之後，雖然月香水影仍舊，但孤山
之中已無人詠詩了，一切都變得淒冷，清閑着。由於日氣變
暖，寒凍的冰雪已開始溶解。看啊，那御溝之水，經過融城
之後，已來到人間了！雪融時，瓦隴上、竹林下的景色更為
好看呢，故我在柳邊樹下稍為停駐，解下用作遊覽的馬鞍。

那裏長滿了青竹，一半倚靠着雲影飄動的水灣。在小舟
上，我只獨自一人，不久便入夜了。幸而我仍有詩作，故
小舟載着我們歸去。當我酒醒之時，我發覺正經過第二度
畫橋——錦帶橋，而當時又剛剛是明月如鏡正月初三之時
呢！試看東邊的闌干啊，那裏有人在雪上散步，但他們卻怪
責那些帶着冰的泥水沾濕了垂於馬腹兩側，用於遮蔽塵土的
繡有鸂鳳圖案的錦布——錦障泥，令到它們染上斑駁的污
迹。我又見到晴朗而綠色的水波漲滿，這一定與南朝詩人謝
靈運夢見謝惠連而得的詩句「池塘生春草」有關係了！

八 · 木蘭花慢 ｜ 雷峰落照

塔輪分斷雨，倒霞影，漾新晴。香滿鑑春紅，輕橈古岸，疊鼓收聲。簾旌，半鈎待燕，料香濃、徑遠趁蜂程。芳陌人扶醉玉，路旁懶拾遺簪。

郊坰，未厭遊情。雲暮合，謾消凝。想罷歌停舞，煙花露柳，都付棲鶯。重闉，已催鳳鑰，正鈿車、繡勒入爭門。銀燭擎花夜暖，禁街淡月黃昏。

● 語譯

雨停止下了，塔身明顯地呈露出來。晚霞倒映在新鮮而晴朗的水面上，浮動不定。看啊，整片湖水平明如鏡，因夕陽晚照，紅得如春花一般！我乘坐的小舟靠近岸邊，而重重疊疊的鼓聲也停歇了。那裏的簾幕和旗幟，一半被鈎掛起來，為的是要等待燕子便於飛入。那裏又散出濃重的花草香氣，我料想遠處的蜜蜂，因為路程遙遠，故必定趕快地飛翔呢！在長滿芳草的路上，有忙着攙扶喝醉了如潔玉一般的女士，故此他們也懶得收拾路旁玉人遺下的髮簪了。

我在郊野遊覽，但還未厭惡遊覽的情況。傍晚之時，雲塊結集起來了，我不經意地出神凝望。我疑想，歌唱完畢，舞蹈停止，或隱藏在煙霧的花草和沾滿露水的柳條，不論是人事或自然，一切的一切，都付與棲宿的黃鶯呢！城曲的門關，一重又一重，到這個時候，已經催促人們把鑰關鎖起來，所以，這正是裝飾華美的車輛和帶着絡銜的馬匹爭着入門的時候。銀燭被舉起來了，美麗如花，在夜間給人溫暖，但在禁止遊人的街道上，這黃昏的時候，只有淡淡的月色照耀着而已。

九 · 木蘭花慢　｜　麴院風荷

軟塵飛不到，過微雨，錦機張。正蔭綠池幽，交枝徑
窄，臨水追涼。宮粧，蓋羅障暑，泛青蘋、亂舞五雲
裳。迷眼紅綃絳綵，翠深偷見鴛鴦。

湖光，兩岸瀟湘。風薦爽，扇搖香。算惱人偏是，縈絲
露藕，連理秋房。涉江，采芳舊恨，怕紅衣、夜冷落橫
塘。折得荷花忘卻，棹歌唱入斜陽。

● 語譯

這裏是連細軟的塵埃也飛不到的清淨地方啊！一陣微雨飄過
之後，荷花盛開，美如天孫織女張開錦機織成的雲錦一般
呢！此際正是到處是綠樹陰影遍佈和池塘幽暗的時候。這裏
的樹枝交加而生，路徑都因而變得狹窄了，但人們卻要跑到
水邊追逐涼意。荷花如宮粧一樣的美麗啊！它們的綠葉如用
以遮蓋的羅帳一般，可以抵擋暑氣；當輕風吹過水面之時，
荷葉亂舞，猶如雲彩衣裳般美呢！荷花美麗得很，如不同程
度的紅色生絲所造，人們的眼睛也着迷了！在翠綠色的深暗
處，我們隱約地看見鴛鴦共宿。

眼前是一片湖光啊！在湖的兩岸生長着不少荷花，如瀟湘二
水所生那麼眾多呢！風使到遊人清爽，而當遊人搖動扇子之
時，香氣便隨之而生。我估計，最逗我喜愛的偏偏是被絲根
纏住的露藕和連理同生的蓮篷。我徒步江水，想到昔日採荷
花的恨事，故而今恐怕的是，如紅衣一般的荷花，到了晚上
寒冷之時，會掉落在池塘裏呢！荷花終於為我折取了，開心
得很，故在船上高歌，一直唱到斜陽西下，連要及時回家之
事也忘記得一乾二淨。

十 · 木蘭花慢 ｜ 花港觀魚

六橋春浪暖，漲桃雨，鱖初肥。正短棹輕簑，牽筒荇帶，縈網蓴絲。依稀，岸紅遡遠，漾仙舟、誤入武陵溪。何處金刀膾玉，畫船傍柳頻催。

芳堤，漸滿斜暉。舟葉亂，浪花飛。聽暮榔聲合，鷗沈暗渚，鷺起煙磯。忘機，夜深浪靜，任煙寒、自載月明歸。三十六鱗過卻，素箋不寄相思。

● 語譯

六橋（指蘇堤上外湖六橋）所在處，春天的波浪多溫暖啊！桃花盛開，春雨綿綿，湖水也高漲了。這正是鱸魚初肥之時呢！漁人穿着輕便的蓑衣，坐着小舟，到花港捕魚。可是，魚筒往往為荇蔓莖所牽動，魚網又被蒓絲所纏繞。我依稀記得：我沿着滿種桃花的兩岸，逆流而上，去到頗遠的地方。我搖動着如在仙境般的小舟，進入花港，猶如誤入武陵仙溪！甚麼地方有金刀可以把鱸魚切成薄片呢？泊在柳岸邊的畫船上已有人頻頻地催促去打聽了。

蘇堤多美啊！此時它已漸漸佈滿斜暉了。小舟蕩漾，浪花飛濺，水中的植物也被攪亂了。入暮之時，我聽見漁人鳴栧聲，響成一片；又見到海鷗隱宿在幽暗的水間小洲，更見到白鷺從暮煙蒼茫的水邊巖石飛起。這時，我忘卻了一切世俗巧詐之心！夜深了，水浪也平靜了。就任由寒煙獨自載明月歸去吧。一切純任自然了。數不清的魚兒游過了，可是它們沒有將我的書信寄出，以達相思之情呢！

十一 · 木蘭花慢 ｜ 南屏晚鐘

疏鐘敲暝色，正遠樹，綠愔愔。看渡水僧歸，投林鳥聚，煙冷秋屏。孤雲，漸沈雁影，尚殘簫、倦鼓別遊人。宮柳棲鴉未穩，露梢已掛疏星。

重城，禁鼓催更。羅袖怯，暮寒輕。想綺疏空掩，鶯綃翳錦，魚鑰收銀。蘭燈，伴人夜語，怕香消、漏永著溫存。猶憶回廊待月，畫闌倚遍桐陰。

● 語譯

疏落的鐘聲在夜間敲響了,這正是遠處的樹林蒼綠一片和寂靜的時候呢!看啊,那僧人渡水之後已回家了,投林之鳥已聚在一起,而那些秋天的畫屏亦已被煙霞所環繞,變得淒冷了。天空中的浮雲很少,是頗為孤獨的。此際,雁影已漸漸沉沒了,但簫聲尚且殘存,而鼓聲亦拖着餘音,好似與遊人話別一般。瑟縮在宮柳上的棲鴉仍未穩定之時,那些沾滿了露水的樹梢已掛着疏落的星光了。

一重又一重的城鎮啊!城內發出的宵禁之鼓聲,催促着時間過去。在入暮輕寒之時,我所穿的羅衣不夠暖,故覺得有些寒冷,怯慄起來呢!我料想,在這個時候,她的有花紋雕飾的窗牖只徒然掩閉,繡有鸞鳳花紋的簾幕已被暝色所障蔽,失去了燦爛,而那些魚形鎖鑰的光彩亦已為夜色所遮蔽了。我點着蘭膏點燃的燈。只有它伴着我夜間細語,但我卻怕蘭香終會消盡,而只有漏聲與我共溫存而已!我仍然記得,那次我在曲折的走廊中等待月亮上昇的時刻,當時我在桐樹陰影之下,倚遍了美麗的闌干!

十二‧木蘭花慢 ｜ 柳浪聞鶯

晴空搖翠浪，畫禽靜，霽煙收。聽暗柳啼鶯，新簧弄巧，如度秦謳。誰紬，翠絲萬縷，颭金梭、宛轉織芳愁。風裊餘音甚處，絮花三月宮溝。

扁舟，纜繫輕柔。沙路遠，倦追遊。望斷橋斜日，蠻腰競舞，蘇小牆頭。偏憂，杜鵑喚去，鎮錦蠻、竟日挽春留。啼覺瓊疏午夢，翠丸驚度西樓。

● 語譯

如翠浪一般的柳條在晴朗的天空中搖動着。此際，白晝的禽鳥頗為寂靜，而煙靄已經收斂起來，天亦放晴了！聽啊，在幽暗的柳條中黃鶯啼叫，其聲工巧，如新製的笙簧；又美若古代善歌者秦青歌唱。翠綠色的柳絲有萬縷之多，是誰人織成的呢？大概是黃鶯織成的吧。它穿柳而飛，如織錦金梭，婉轉地把它的優美的愁緒織成錦繡呢！輕風吹過，在餘音裊裊的深暗處，三月之時，人們可以看見掉落在宮溝裏的花絮。

我看見一葉小舟。它被輕柔的繩纜繫着。沙際的路程頗遙遠啊，我亦倦於追尋遊歷了。在斜陽日暮之時，我遠望斷橋一帶，看見南朝杭州歌伎蘇小小的墓園，那牆頭的柳絲飄揚，如唐代白居易之姿小蠻用力舞蹈一般。此刻，我偏偏憂慮的是，杜鵑啼叫會把春色喚走，而黃鶯長叫，竟然整日不停，好像要挽留住春天呢！午夢之際，鳥啼聲從飾玉華貴的窗子傳入，把我驚醒了；我更看見黃鶯如翠丸般輕快，慌忙地度過西樓呢！

十三·木蘭花慢 ｜ 三潭印月

遊船人散後，正蟾影，印寒湫。看冷沁鮫眠，清宜兔浴，皓彩輕浮。扁舟，泛天鏡裏，遡流光、澄碧浸明眸。棲鷺空驚碧草，素鱗遠避金鈎。

臨流，萬象涵秋。懷渺渺，水悠悠。念漢皋遺佩，湘波步襪，空想仙遊。風收，翠奩乍啟，度飛星、倒影入芳洲。瑤瑟誰彈古怨，渚宮夜舞潛虯。

● 語譯

遊船上的人群離散之後，傳說住有蟾蜍的月光的影子已映印在寒冷的潭水上。看啊，涼氣沁入潭底，令到臥鮫亦感清寒；而潭水清澈，最適宜玉兔沐浴。浩瀚的月色又在潭水上輕輕地浮動了！我坐的小舟，在平明如鏡的潭水裏，逆着波中的月色泛行。看見潭水清澈見底，我覺得眼睛好像浸在潭水中和被它洗淨過一樣。棲宿的白鷺，被碧綠如草的潭水嚇驚了，但卻有驚無險；魚兒在潭水中又能夠遠遠避開上釣呢！

在水邊處，自然界一切景象都倒映在潭水中，如被寒涼的秋夜包涵着一樣。我的心飄到很遠的地方，而潭水亦流到遙遠處。我想到，漢水濱江妃女神解下玉佩和湘水女神踏着微波姍姍而來的傳說。但是，這些仙遊之事只不過是空想而已。晚風收斂起來了。翡翠製成的鏡匣 —— 潭水忽然開啟了，天空中的飛星渡過，它們的倒影已進入美麗的水中小洲了。誰人以美玉製造的琴瑟彈奏出幽怨的古調呢？這些幽怨之聲使到潛在潭底龍宮之蛟龍也在深夜感泣而起舞了！

十四 · 木蘭花慢 ｜ 兩峰插雲

碧尖相對處，向煙外，挹遙岑。記舞鷺啼猿，天香桂子，曾去幽尋。輕陰，易晴易雨，看南峰，淡日北峰雲。雙塔秋擎露冷，亂鐘曉送霜清。

登臨，望眼增明。沙路白，海門青。正地幽天迥，水鳴山籟，風奏松琴。虛楹，半空聚遠，倚闌干、暮色與雲平。明月千巖夜午，遡風跨鶴吹笙。

● 語譯

碧綠色的兩座山峰相對之處，就是向煙霞之外酌取遠山的地方。我記得，曾經到過北高峰上的靈鷲峰（又名飛來峰）和白猿峰以及月桂峰尋幽探奇。此際正是輕陰之時啊！這裏很容易天晴，又很容易下雨。欣賞南峰最適宜之時是輕淡之日，而欣賞北峰則最好是當有雲層密佈之時。南北兩峰好像兩座高塔一般，在秋天聳起，同時，被寒冷的露水包圍着。天曉之際，紛亂的鐘聲從兩峰傳出，給人一種如霜雪清冷的感覺。

我登上這兩座高峰，在那裏遠望。我的眼睛看得很清楚，景物特別清晰。西湖的白沙堤很白，錢塘江的入海處——海門很青啊！這時，地上幽靜，天空高遠；水流鳴叫，山巒呼喊；又，輕風吹過松林，發出聲響，猶如奏起鳴琴一般呢！這兩座高峰好像沒有柱子一般，從遠處聚在一起，掛在半空。我倚在闌干欣賞景色。入暮了，暮色與雲彩結合起來呢！夜深之時，明月照在千岩之上。我幻想：我迎着天風，騎着黃鶴，吹着簫笙，如神仙一般飄然霞外了！

十五 · 采綠吟

（甲子夏，霞翁會吟社諸友，逃暑於西湖之環碧。琴尊筆妍，短葛練巾，放舟於荷深柳密間。舞影歌塵，遠謝耳目，酒酣，采蓮葉探題賦詞，余得《塞垣春》，翁為翻譜數字，短簫按之，音極諧婉，因易今名云。）

---·---·---

采綠鴛鴦浦，畫舸水北雲西。槐薰入扇，柳陰浮槳，花露侵詩。點塵飛不到，冰壺裏、紺霞淺壓玻璃。想明璫，凌波遠，依依心事寄誰？

移棹艤空明，蘋風度、瓊絲霜管清脆。咫尺把幽香，悵岸隔紅衣。對滄洲、心與鷗閑，吟情渺、蓮葉共分題。停杯久，涼月漸生，煙合翠微。

● 語譯

我們在鴛鴦棲息的水邊折荷葉。坐在畫舫中，我覺得水在它的北邊，而雲在它的西邊。我們搖動着扇子，而槐花的香氣隨風而生，好像侵入扇子一般；撐過柳陰之時，它好似將船槳浮動。荷花沾滿了清露，清新自然，使到我詩興勃發，它真似侵進我的詩篇！這裏非常清淨，連一點塵埃也不飛來呢！玉酒壺清潔如冰，它盛着琥珀色的美酒。此際將玉壺美酒淺斟在玻璃造的酒杯中。我猜想，這個時候她正戴着夜明珠造的耳飾和在遠處踏着微波；可是心事重重，留戀不捨，她會將心事寄給誰人呢？

我們將船划動，從岸邊移到清澈見底的湖水處。一陣輕風吹過蘋花，響起清脆悠揚的絲管之聲——如瓊玉造的絲和霜竹造的樂管之聲啊！近處我們已可以享受幽暗之香；但是荷花卻生長在隔岸，離開頗遠呢！這使我們頗為惆悵。我們對着隱者所居之地——溪水處，心境與海鷗一般地清閑恬淡；吟詠之情卻頗為遼遠，故大家為賦詠蓮葉而共分題目。我們停杯飲酒一段時間了，清冷的月亮已漸漸地升空，而煙靄聚合，遮蔽了青山。

十六 · 解語花

（羽調《解語花》，音韻婉麗，有譜而亡其辭。連日春晴，風景韶媚，芳思撩人，醉撚花枝，倚聲成句。）

————————— · ————————— · —————————

晴絲冒蝶，暖蜜酣蜂，重簾卷春寂寂。雨蕚煙梢，壓闌干、花雨染衣紅濕。金鞍誤約，空極目、天涯草色。閬苑玉簫人去後，惟有鶯知得。

餘寒猶掩翠戶，梁燕乍歸，芳信未端的。淺薄東風，莫因循、輕把杏鈿狼藉。塵侵錦瑟，殘日綠窗春夢窄。睡起折花無意緒，斜倚鞦韆立。

● 語譯

在晴朗的天氣中，彩蝶紛飛，卻往往為遊絲所纏繞。天氣和暖，蜜蜂繁忙陶醉，為釀蜜而採花。重重簾幕雖然捲起，但覺得春天依然是寂靜的。春雨灑在花萼上，煙霧鎖住樹梢。百花飄落如雨下，低壓着闌干；也把我的被春雨沾濕的衣服染紅了。我的寶馬——帶着金飾馬鞍的寶馬，因行得慢了，以致耽誤了約定的時間。我極目而望，只見到一片草色遠延至天邊！住在閬苑（仙人之居）的玉簫姑娘，自從她離去之後，就只有黃鶯知道她的近況了。

餘寒猶在，我依然掩蔽着翠色的門戶。樑間燕子忽然歸來了，可是還沒有帶來玉人的書信。淺薄無知的東風啊，不要循舊不改，輕易地將如金鈿一般名貴的杏花弄致零落遍地呢！我無意於娛樂了，以致塵埃侵蓋着我美麗的琴瑟。紅日將殘了，在綠窗之下，我仍在睡覺，可惜夢境不寬，因心情不暢快啊。醒來之後，我毫無意緒，隨意地將花朵折下，傾斜地倚憑着鞦韆站立着。

十七 · 曲遊春

（禁煙湖上薄游，施中山賦詞甚佳，余因次其韻。蓋平時遊舫至午後則盡入裏湖，抵暮始出斷橋，小駐而歸，非習於遊者不知也。故中山極擊節余「閑卻半湖春色」之句，謂能道人之所未云。）

禁苑東風外，颺暖絲晴絮，春思如織。燕約鶯期，惱芳情偏在，翠深紅隙。漠漠香塵隔。沸十里、亂絃叢笛。看畫船，盡入西泠，閑卻半湖春色。

柳陌，新煙凝碧。映簾底宮眉，堤上遊勒。輕暝籠寒，怕梨雲夢冷，杏香愁幕。歌管酬寒食，奈蝶怨、良宵岑寂。正滿湖、碎月搖花，怎生去得。

● 語譯

在禁宮苑圍之外，遊絲和落絮在暖和晴朗天氣中飄蕩着。這惹起我不少春思——如布帛的絲綫那麼多啊！與燕子的約會和與黃鶯的佳期，目的在表白彼此的情愫，只能夠在翠叢的深處或紅花的隱蔽處發生。這使我多苦惱啊！我們總覺得如被廣漠而染滿了香氣的塵土隔阻着一樣！我們走了十里路那麼遙遠，一路滿是紛亂的絃聲和從樹叢中傳出來的笛聲。看啊，我們乘着的畫船一直撐到西泠的盡頭，這樣令到半個西湖都清閑了，沒有人遊覽了。

新煙凝結在滿種柳樹的小路上，呈現一片碧綠色。它映照在簾幕下畫着宮樣眉的女子和堤岸上騎着馬匹的遊人的身上。黑夜輕輕地降臨了，一陣寒氣襲人！我恐怕，如雲一般白的梨花在睡夢中感受寒冷，杏花的香氣被哀愁覆蓋着。寒食節之時，到處聽見歌唱和管絃之聲，如酬答時節的來臨。無奈蝴蝶在此時心裏怨恨不已，整夜沒有一點聲音，寂靜得很。此際正是月光照在整個湖面上的時候，但是由於花草搖動不已，以致月影破碎為千百片。面對如此美麗的景色，我又怎捨得離去呢？

十八 · 秋霽

（乙丑秋晚，同盟載酒，為水月遊。商令初蕭，霜風戒寒，撫人事之飄零，感歲華之搖落，不能不以之興懷也。酒闌日暮，憮然成章。）

--- · --- · ---

重到西泠，記芳園載酒，畫船橫笛。水曲芙蓉，渚邊鷗鷺，依依似曾相識。年芳易失，斷橋幾換垂楊色。謾自惜，愁損、庚郎霜點鬢華白。

殘螢露草，怨蝶寒花，轉眼西風，又成陳迹。嘆如今、才消量減，尊前孤負醉吟筆。欲寄遠情秋水隔。舊遊空在，憑高望極斜陽，亂山浮紫，暮雲凝碧。

● 語譯

我又一次到訪西泠了。我記得，在那處的美麗花園飲酒，又乘坐畫船吹笛。那裏的水流曲折處長滿着荷花，小洲的岸邊棲宿着鷗鷺。這些景物都似是曾經相識的，我很依戀呢！光陰是容易失去的，那處的斷橋已經多次變換垂楊的景致了。我不經意地覺得可惜呢！哀愁使到我這個好像南北朝的文學家庾信一樣減損消瘦了，我的鬢髮也變得如霜點染一般的白了。

在沾滿了露水的野草間我聽到將殘的吟螿聲，又在寒冷的花叢中我看見哀怨的蝴蝶。轉眼間西風又吹過，一切都變成陳迹了！我慨歎，現時的我才華已經消失，酒量亦已減退，以致就算飲酒至醉也辜負了我的詩筆，不能寫詩了。我想將我的情思寄給遠方的朋友，可是卻為秋水阻隔，不能成事呢！舊時的遊歷雖然發生過，又有甚麼用呢？我憑倚在高處，極目而望，只看見在斜陽之中，凌亂的山巒浮現出一片紫色的霞氣，而入暮的雲層凝結成片片碧綠之色而已。

十九 · 探春慢 ｜ 修門度歲，和友人韻。

綵勝宜春，翠盤消夜，客裏暗驚時候。剪燕心情，呼盧笑語，景物總成懷舊。愁鬢妒垂楊，怪稚眼、漸濃如豆。儘教寬盡春衫，畢竟為誰消瘦！

梅浪半空如繡，便管領芳菲，忍孤詩酒。映燭占花，臨窗卜鏡，還念嫩寒宮袖。簫鼓動春城，競點綴、玉梅金柳。廝勾元宵，燈前共誰攜手？

● 語譯

立春之日，人們頭上插着各種稱為「綵勝」的裝點節令的飾物和戴着剪彩為燕形的「宜春帖」；在稱為「春盤」的翠綠盤上載着翠縷、紅絲和金雞、玉燕。就在這個繽紛熱鬧的風俗中，人們度過除夕之夜。我作客修門，看着這個時候，心裏暗暗吃驚呢！我看見人們剪燕時的心情和聽到名為「呼盧」的一種賭博遊戲時的笑語，一切眼前的景物都令我懷念過去的日子！我為我的鬢髮妒忌垂下的楊柳而憂愁！我怪責幼嫩的柳眼——即柳芽，因為它們已漸漸長得頗為稠密和已如豆一般大小了。儘管我所有的春衫已漸寬，但，畢竟我是為了誰人而消瘦呢？

此際梅花如浪，在半空飄動，美得如錦繡一般。就算我要照顧美麗的花朵，我又怎忍心辜負吟詩和喝酒呢？我在燈下用花瓣占卜歸期，又在窗前對鏡占卜。我更想念到在輕寒之中和穿着宮衣一般美的情人。這時，簫鼓之聲已撼動了整個春城；同時，城內到處都點綴着如玉般的梅花和如金一樣的柳條。此刻已接近元宵了，但在燈前我可與誰人一起攜手呢？

二十·月邊橋 ｜ 元夕懷舊

酥雨烘晴，早柳盼鬟嬌，蘭芽愁醒。九街月淡，千門夜暖，十里寶光花影。塵凝步襪，送豔笑、爭誇輕俊。笙簫迎曉，翠幕卷、天香宮粉。

少年紫曲疏狂，絮花蹤迹，夜蛾心性。戲叢圍錦，燈簾轉玉，拚卻舞勾歌引。前歡謾省，又輦路、東風吹鬢。醺醺倚醉，任夜深春冷。

● 語譯

潤物如酥的春雨下過後，天色已晴朗。柳眼早已初開，展出嬌羞嫵媚之態；蘭花的嫩芽早已生長，像從愁裏醒過來一般。所有的街道都映照着淡淡的月色，千門萬戶亦在溫暖的晚上。在十里那麼廣寬的地方，遊人士女佩戴着珠寶首飾，光彩照人；而燈光如花，美麗奪目！女士們緩步而行，步履蕩起輕塵，凝集於羅襪。男士們卻互相競爭，誇耀自己輕捷俊美，而他們竟然得到女士垂青，博得她們贈送豔笑呢！笙簫之聲不停，終於迎來春曉。我捲起翠綠色的簾幕，嗅到如從天而降的香氣和如宮帷透出的脂粉之香。

少年人愛好坊曲——伎女聚居之地狂放不羈。他們的行徑如落花飛絮，飄遊不定；他們的心性又如「夜蛾」（青年人愛以白紙為大蟬的佩戴物）一般，到處追逐熱鬧。那裏眾多的戲臺都以錦繡圍着，掛滿了燈飾，宛若簾幕；又設置了不少玉製的飾物，不停地轉動。人們在那裏拚命跳舞和引吭高歌！我不經意地回想從前的歡樂事。此際，我又一次在車路上受着東風吹鬢的苦況！我在路旁倚靠着，喝得醉醺醺；任由深夜降臨和春寒料峭吧！

二一 · 齊天樂

（丁卯七月既望，余偕同志放舟邀涼於三匯之交，遠修太白采石、坡仙赤壁數百年故事，遊興甚逸。余嘗賦詩三百言，以紀清適，坐客和篇交屬，意殊快也。越明年秋，復尋前盟於白荷月間，風露浩然，毛髮森爽，遂命蒼頭奴橫小笛於舵尾，作悠揚杳渺之聲，使人真有乘查飛舉想也。舉白盡醉，繼以浩歌。）

---·---·---

清溪數點芙蓉雨，蘋飆泛涼吟艦。洗玉空明，浮珠沉瀯，人靜籟沉波息。仙潢咫尺，想翠宇瓊樓，有人相憶。天上人間，未知今夕是何夕。

此生此夜此景，自仙翁去後，清致誰識？散髮吟商，簪花弄水，誰伴涼宵橫笛？流年暗惜。怕一夕西風，井梧吹碧。底事閑愁，醉歌浮大白。

● 語譯

雨點灑在清溪的荷花上。起於青蘋之末的涼風吹到我正在吟詠的畫船。月色皎潔如洗，倒映在通明透徹的江水中。夜露霑在荷葉上，變成了浮動的露珠。這個時候，人的活動已靜止了，自然之聲響也沉寂了，波水亦已平息。如仙境中的天河，距離我很近，好似只有咫尺之遙。我想，此際在翡翠造成的屋宇和瓊玉般華麗的樓宇裏，一定有人思念着我的。無論是天上或人間，都沒有人知道今夕是甚麼樣的一夕呢！

這一生，這一夜，這一景緻，自從稱為「坡仙」的蘇東坡離去之後，誰人能領略其中的清雅情趣呢？我打散了頭髮，歌唱幽怨的《清商曲》；又將花簪插在頭上和玩弄江水。可是，誰人會陪伴我在清涼的晚上吹奏橫笛呢？我暗地裏惋惜時光的過去啊！我恐怕的是，一夜的西風便會將井邊梧桐樹的碧綠色樹葉吹走了！這些事都會惹起我的閑愁的。既然如此，倒不如唱歌和飲酒致醉好了。

二二・三犯渡江雲

（丁卯歲末除三日，乘興棹雪，訪李商隱、周隱於餘不之濱。主人喜余至，擁裘曳杖，相從於山巔水涯、松雲竹雪之間。酒酣，促膝笑語，盡出笈中畫、囊中詩以娛客。醉歸船窗，紞然夜鼓半矣。歸途再雪，萬山玉立相映發，冰鏡晃耀，照人毛髮，灑灑清入肝鬲，凜然不自支，疑行清虛府中，奇絕境也。揭來故山，恍然隔歲，慨然懷思，何異神遊夢適。因竊自念人間世不乏清景，往往汩汩塵事，不暇領會，抑亦造物者故為是靳靳乎？不然戴溪之雪，赤壁之月，非有至高難行之舉，何千載之下，寥寥無繼之者耶？因賦此解，以寄余懷。）

冰溪空歲晚，蒼茫雁影，淺水落寒沙。那回乘夜興，雲雪孤舟，曾訪故人家。千林未綠，芳信暖、玉照霜華。共憑高、聯詩喚酒，暝色奪昏鴉。

堪嗟。漸鳴玉佩，山護雲衣，又扁舟東下。想故園、天寒倚竹，袖薄籠紗。詩筒已是經年別，早暖律、春動香葭。愁寄遠，溪邊自折梅花。

● 語譯

歲暮了，溪水開始結冰，顯得一片清空！在蒼茫大地中飛
來幾隻鴻雁，我看着它們降落在被淺水環繞着的寒冷河灘
之上。我記得，那一次乘着雅興，在晚間冒着大雪，乘着小
舟，單獨到故友居住的地方探訪他們。那時，滿山的樹木仍
未變作綠色。天氣亦較為和暖，故在玉般皎潔的月色照射
下，霜雪映現出一片光輝。我們倚在高樓上，大家合作賦
詩，一起飲酒，直至夜色深暗——比昏鴉還要深暗呢！

這些都是可堪嗟歎的舊事啊！現時解凍了，流水淙淙，如環
佩相擊，發出叮咚之聲。雲層又遮蔽着山巒，好像為它們披
上保護衣一般。正當這個時候，我又一次乘坐扁舟隨水東下
了。我想念舊日在花園發生過的事情：她在天氣寒冷之時，
倚憑着修竹，而只穿着薄薄的紗製衣裳而已！差不多一年已
沒有和朋友詩文酬唱傳遞了。和暖的天氣很早已經來臨，影
響到十二律的定音儀器。春氣動了，引致在律管中以初生蘆
葦製成的薄膜灰自動飛出來呢！愁緒滿腔，我獨自在溪邊折
下梅花一枝，以寄給我遠方的朋友。

二三・梅花引 ｜ 次韻箟房，賦落梅。

瑤妃鸞影逗仙雲，玉成痕，麝成塵。露冷鮫房，清淚霰珠零。步繞羅浮歸路遠，楚江晚，賦宮斜，招斷魂。

酒醒夢醒惹新恨。褪素粧，愁浣粉。翠禽夜冷，舞香惱、何遜多情。委佩殘鈿，空想墜樓人。欲挽湘裙無處覓，倩誰為，寄江南，萬里春？

◉ 語譯

梅花仙子瑤妃乘鸞鳥駕雲而歸，逗引如仙雲一般美的梅花開放。可惜不久，這些如美玉般的白梅花便零落了，殘花遍地呢！她們的麝香粉也同時化作塵土了！這個時候，冰冷的露水好似在房內鮫人零落的淚珠一樣清冷呢！梅魂要回家，便要繞過盛產梅花的羅浮，路程是頗為遙遠的。楚江上，天色已晚了，人們要為她們的墳墓──宮人斜吟詩賦詠，要將她們的斷魂招回來啊！

酒醒了，夢也醒了，這令到她們亦要重新打扮！她們脫離了淡素的粧扮，但又憂愁臉上的粉黛會被污染。翠禽在淒冷的晚上棲宿。它們在香氣中起舞，更為南朝的著名詩人何遜詠梅詩之多情而感覺煩惱！此際，白梅花已成為零落的佩玉和殘剩的寶石了。此情此景，使人們徒然聯想到墜樓的人兒而已。我欲想挽住有湘君之裙那麼美的梅花，但是卻找不到它們。更不要說，請甚麼人為我把它們寄到萬里外的江南，意圖將春色永留人間了！

二四·霓裳中序第一　｜　次簀房韻

湘屏展翠疊，恨入宮溝流怨葉。釭冷金花暗結。又雁影帶霜，蛩音淒月。珠寬腕雪，嘆錦箋、芳字盈篋。人何在？玉簫舊約，忍對素娥說。

愁切。夜碪幽咽，任帳底、沉煙漸滅。紅蘭誰采贈別？洛氾分綃，漢浦遺珏。舞鸞光半缺，最怕聽、離絃乍闋。憑闌久，一庭香露，桂影弄棲蝶。

● 語譯

在湘妃竹製成的畫屏上展開重重疊疊的青山。有宮女將怨恨寫在紅葉上，隨着宮溝水飄流了出來。在清冷的燈影裏，暗淡地凝結着金黃色的燈花。我又注意到鴻雁在霜雪中飛行和蟋蟀在淒冷的月色中哀鳴。她具有如雪白的臂腕，可惜人因消瘦而玉釧也寬鬆了。可慨歎的是，雖然她的優美文字寫滿了錦箋，但由於沒有寄出，故徒然充滿了箱子。此刻，她人在哪裏呢？我與她（——如唐代江夏名伎玉簫般可愛的她）昔日的盟約，怎能忍受對月中的素娥說出來呢！

我心中的愁怨很深啊！而晚上的碪聲又如暗地裏悲鳴般呢！就任由我的愁怨在帳下，如沉煙一般，漸漸地消滅吧！誰人會採摘紅蘭，在分別之時贈送給我呢？如昔日的洛橋，汜人臨別時將鮫綃贈予太學進士鄭生和在漢水濱江妃二女於分別之際將玉佩解下，贈給鄭交甫一般。刻有舞鸞紋的鏡子，此刻已缺了一半了！我最怕聽到的是，別離之曲忽然間又演奏起來！我憑着闌干一段頗長的時間了，只感覺到香露充盈着整個院子，月影照射着樹上棲息的蝴蝶，如在它們面前賣弄自己的光輝一般！

二五‧乳燕飛 | 夏遊

（辛未首夏，以書舫載客遊蘇灣，徙倚危亭，極登覽之趣，所謂浮玉山、碧浪湖者，皆橫陳於前，特吾几席中一物耳。遙望具區，渺如煙雲，洞庭縹緲諸峰，矗矗獻狀，蓋王右丞、李將軍著色畫也。松風怒號，暝色四起，使人浩然忘歸，慨然懷古，高歌舉白，不知身世為何如也！溪山不老，臨賞無窮，後之視今，當有契余言者。因大書山楹，以紀來遊。）

波影搖漣滮。趁薰風、一舸來時，翠陰清畫。去郭軒楹纔數里，蘚磴松關雲岫。快屐齒、筇枝先後。空半危亭堪聚遠，看洞庭、縹渺爭奇秀。人自老，景如舊。

來帆去棹還知否？問古今、幾度斜陽，幾番回首？晚色一川誰管領，都付雨荷煙柳。知我者、燕朋鷗友。笑拍闌干呼范蠡，甚平吳、卻倩誰繪手！吁萬古，付卮酒。

● 語譯

我們的書畫船航行於河中，蕩起了波瀾，一直展開到河岸。船趁着香風，在清朗的白晝和通過翠綠的樹蔭來到這裏。距離南郭隱（郭）和讀書堂（軒楹）只不過數里，便是萬松關了。那裏的山巒被浮雲環繞着，我們攀上苔蘚滿佈的石階便可以到達了。我們趕快穿上有牙齒的木屐和拿着筇枝，爭先恐後地攀登萬松關！那裏的高亭吊在半空，遙遠之景緻盡入眼簾。在亭中，可以遠望洞庭湖，看見它在縹渺中與其他景緻爭奇鬥美。我深深覺得，自己孤獨地老去，但是景緻卻如舊時一樣呢！

船隻來來去去，人們有否關心過呢？我試問，自古至今，經過了多少次斜陽，又曾經有過多少次回首顧望呢？雖然整片河水都染滿了晚色，但誰會理會它呢？眼前的一切景緻都付與雨中的荷花和煙中的柳條了！瞭解我的只有燕子和海鷗這些朋友而已。我苦笑，且手拍闌干，呼喚春秋時代越國的大夫范蠡。我問他，為甚麼越王平吳雪恥卻要用隱逸江湖之人呢？我慨歎漫長的過往，無可奈何啊，只好付之杯酒而已！

二六‧瑞鶴仙

（寄閑結吟臺，出花柳半空間，遠迎雙塔，下瞰六橋，標之曰「湖山繪幅」，霞翁領客落成之。初筵，翁俾余賦詞，主賓皆賞音。酒方行，寄閑出家姬侑尊，所歌則余所賦也。調閑婉而辭甚習，若素能之者，坐客驚詫敏妙，為之盡醉。越日過之，則已大書刻之危棟間矣。）

翠屏圍畫錦。正柳織煙綃，花明春鏡。層闌幾回憑，看六橋鶯曉，兩堤鷗暝。晴嵐隱隱，映金碧、樓臺遠近。謾曾誇、萬幅丹青，畫筆畫應難盡。

那更波涵月彩，露裛蓮粧，水描梅影。調朱弄粉，憑誰寫、四時景？問玉奩西子，山眉波盼，多少濃施淺暈？算何如、付與吟翁，緩評細品。

● 語譯

這個張樞建的結吟臺如北宋時韓琦建的畫錦堂一般的美，到處都圍着翠綠色的屏風。它所用的綃帳輕柔得如煙涵的垂柳，又如在明鏡中所見到的春花一般。我憑着層層的闌干看風景，不知多少次了。在晚上我遠看六橋的黃鸚，又在黃昏時觀看兩堤的海鷗。晴朗的時候，在山氣隱約之中，我看見遠處和近處的樓臺，它們的金碧二色互相輝映！人們曾輕慢地誇口，就算有萬幅圖畫，而畫筆也應該畫不盡這些美景的。

更何況水波包含着月色，露水沾濕了蓮花和流水浮現着梅花影了這些特別的美景呢！這時可以依靠誰人，調弄各種顏色（如朱色和白色），描繪四季的景緻呢？我試問，如玉鏡般美的西子──西湖，那如青山般美的眉峰和如水波般美的眼睛，應該施用多少或濃或淺的彩色呢？我想，如何之處，就應該交給音樂家楊纘去慢慢評論和細細品第了。

二七・露華 ｜ 次張窗雲韻（一題作憶別和寄閑韻）

暖消蕙雪，漸水紋漾錦，雲淡波溶。岸香弄蕊，新枝輕裊條風。次第燕歸將近，愛柳眉、桃靨煙濃。鴛徑小，芳屏聚蝶，翠渚飄鴻。

六橋舊情如夢，記扇底宮眉，花下遊驄。選歌試舞，連宵戀醉珍叢。怕裏早鶯啼醒，問杏鈿誰點愁紅？心事悄，春嬌又入翠峰。

● 語譯

和暖的天氣使如蘭蕙一般的雪消融了。漸漸地，水紋開始浮動，美如錦繡；雲彩變得輕淡，水波也沒有了，如溶化了一般。兩岸散發出香氣，因為那兒的花朵正賣弄它們的姿色呢！和煦的春風拂過，新生的樹枝細長柔軟，隨着擺動。接着，燕子將快歸來了。它們喜愛如眉的柳條和被濃煙罩着的桃花——如女士們臉龐一般豔紅色的桃花啊！有鴛鴦棲宿的路徑細小，而如屏風一般平坦的芳草卻聚集了蝴蝶，翠綠色的水中小洲又有鴻雁飄飛。

昔日在六橋發生過的事情，到了今時，只不過如夢境而已。我還記得，當日在執扇下出現過的宮樣眉式和在花叢下走過的冶遊俊馬。當時，我選歌而唱，又嘗試不同的舞蹈。如此，我一夜接一夜地沉迷喝醉於珍貴花叢之中！我恐怕被早起的黃鶯把我從夢中啼醒；更怕它們問我，在那如杏花的臉龐上，誰人將紅色點染那愁容呢！她的心事是沒有人知道的，但肯定如春花一般地可愛。她惟有默默地飄入那些青翠的山峰中，隱藏起來了！

二八・水龍吟 ｜ 次張斗南韻

舞紅輕帶愁飛，寶韉暗憶章臺路。吟香醉雨，吹簫門巷，飄梭院宇。立盡殘陽，眼迷晴樹，夢隨飛絮。嘆江潭冷落，依依舊恨，人空老，柳如許。

錦瑟華年暗度，賦行雲、空題短句。情絲繫燕，么絃彈鳳，文君更苦。煙水流紅，暮山凝紫，是春歸處。悵江南望遠，蘋花自采，寄將愁與。

● 語譯

當我騎着駿馬遊覽和看見帶着輕愁的落花在空中飛舞之時，我暗地裏記憶起舊日冶遊如章臺路一般繁華的地方。那時，在充滿香氣之中吟詠和在紛飛的雨點中醉酒；又在門巷之間吹簫作樂；有時更觀賞飄雨灑落在院宇之上的美景！此刻，我站在殘陽之中，直至它消失為止。我的眼睛對那晴明的樹林着迷，而夢境卻隨着風吹之花絮而遠去。此際，忽然在異地——如昔日桓溫在江潭般看見柳樹搖落，因而對舊時的恨事不能忘懷，慨歎不已！人徒然老去，而柳樹又如此呢！

如錦瑟般美的韶華無聲無響地過去了。我為行雲賦詩，題寫短句，但又有何用呢？我將情絲繫在春燕的身上，希望它為我傳書；又以裝有精美絃綫的琵琶彈奏《鳳求凰》一曲，以傳達我的心意。我所作的一切，只會令到我的心上人——如漢代司馬相如的情人卓文君一樣更加痛苦呢！落花從煙霧瀰漫之溪水流出來，日暮之山巒上紫煙繚繞，好像凝結在那裏一般。這些情況都標誌着春天要歸去了！我在江南遠望之時，頗為惆悵啊！我只好採摘蘋花，無可奈何地把我的愁緒寄給我的心上人而已！

二九・過秦樓 ｜ 避暑次窅雲韻（一題作和寄閑韻）

紺玉波寬，碧雲亭小，苒苒水楓香細。魚牽翠帶，燕掠紅衣，雨急萬荷喧睡。臨檻自采瑤房，鉛粉沾襟，雪絲縈指。喜嘶蟬樹遠，盟鷗鄉近，鏡奩光裏。

簾戶悄、竹色侵棋，槐陰移漏，晝永簟花鋪水。清眠乍足，晚浴初憮，瘦約楚裙尺二。曲砌虛庭夜深，月透龜紗，涼生蟬翅。看銀潢瀉露，金井啼鴉漸起。

● 語譯

青蒼如玉的西湖水頗為寬闊，藏在碧綠色的雲彩的亭子很細小，輕輕的香氣慢慢地飄過水邊的楓樹。魚兒牽動翠綠色如絲一般的水藻，燕子飛過紅色的荷花。雨下得很急，喧鬧得很，把荷花驚醒了！我跑到近水的闌干，自己採摘蓮蓬，卻被它的白色粉末沾污了我的衣襟，又被它的如雪一般白的藕絲纏繞住我的手指呢！可喜的是，嘶叫的夏蟬只在遠處的樹木上，而與我結盟的海鷗卻在附近之處。如鏡一般美的湖水又在月光之中呢！

簾幕和房屋都頗為寂靜啊！竹枝的翠綠色映上了棋盤，槐樹的影子在滴漏上移動；白晝頗長，更覺竹蓆花紋如水波般可愛呢！清閑的睡眠剛剛足夠啊！晚上沐浴之後，身體開始困倦了。我覺得消瘦了不少，如楚腰般消瘦，約只有一尺二寸腰圍而已！夜深之時，院子裏空無一人，只有曲曲折折的臺階。月色透過龜紗（紗眼織成八角，其狀如龜的紗帳）射進來，涼氣從蟬翼一般薄的紗幕透出。看啊，露水從天河灑下來了，啼叫的烏鴉已從有美麗雕飾的井闌漸漸地飛起呢！

三十・風入松 ｜ 立春日，即席次寄閑韻。

柳梢煙軟已瓏瓏，嬌眼試東風。情絲又逐青絲亂，膁寒輕、猶戀芳櫳。筍玉新裁早燕，杏鈿時引晴蜂。

當時蘭柱繫花驄，人在小樓東。鶯嬌戲索迎春句，愛露箋、新染香紅。未信閑情便懶，探花拚醉瓊鍾。

● 語譯

被煙靄籠罩着的柔軟柳條已變成翠綠色了。它們嬌媚的眼睛已迎東風張開，好像要測試東風的力量呢！人的情絲隨着青翠的柳絲紛亂地飛颺，只剩下輕淡的寒氣仍然依戀着美麗的窗戶。她的細緻如春筍的手指剛剛裁剪春燕，而她頭上的如杏花一般美的金花首飾，卻不時逗引晴空中的蜜蜂。

當時有毛色青白的馬匹被繫在有蘭花飾紋的柱子上，而可愛的人兒正在東邊的小樓中。她的歌聲如黃鶯一般嬌美啊！她嬉戲地向我索取迎春的詩句，又愛向我展露新近染上香紅的花箋呢！我不敢相信在閑情中的人便會懶惰，他可能更有機會去賞花和盡情飲酒呢！

三一 · 一枝春

（寄閑飲客春窗，促坐款密，酒酣意洽，命清吭，歌新製，余因為之沾醉，且調新弄以謝之。）

—————— · —————— · ——————

碧淡春姿，柳眠醒、似怯朝來酥雨。芳程乍數，喚起探花情緒。東風尚淺，甚先有、翠嬌紅嫵。應自把、羅綺圍春，占得畫屏春聚。

留連繡叢深處，愛歌雲裊裊，低隨香縷。瓊窗夜暖，試與細評新譜。粧梅媚晚，料無那、弄鼙侤妒。還怕裏、簾外籠鶯，笑人醉語。

● 語譯

春姿是一片淺淡的碧綠色啊！柳條剛剛睡醒，它們似乎仍對朝來的濕潤春雨有點怯慄呢！美好的花期忽然間到來了，它喚起我賞花的情緒。東風只不過剛剛吹到，為甚麼那麼早翠葉便變得如此嬌美和紅花如此嫵媚呢？這個時候，自然應該把有文彩的絲織品將春色圍繞住，使到它好像在畫屏上聚在一起的春色一般。

我在美如錦繡般的花叢深處留連，捨不得離去。我愛聽歌唱，它如雲朵一般在天空中柔軟地隨風飄蕩；又有時隨着縷縷清香在地上發散出來。在溫暖的晚上和美如瓊玉的窗戶下，我嘗試與朋友細細品評新近製成的曲譜。她梅花粧打扮，在晚間特別顯得嬌媚。找料想，她故作嬌嗔，假裝要妒忌梅花一般。真是無可奈何了！我更怕，被簾幕外的鸚鵡取笑我，以為我是醉酒後胡言亂語呢！

三二·一枝春

（越一日，寄閑次余前韻，且未能忘情於落花飛絮間，因寓去燕楊姓事以寄意，此少游「連苑」之詞也。余遂戲用張氏故實，次韻代答，亦東坡「錦里先生」之詩乎？）

——————————·——————————·——————————

簾影移陰，杏香寒、乍濕西園絲雨。芳期暗數，又是去年心緒。金花謾剪，倩誰畫、舊時眉嫵。空自想、楊柳風流，淚滴軟綃紅聚。

羅窗那回歌處，嘆庭花倦舞，香消衣縷。樓空燕冷，碎錦懶尋塵譜。么遊謾賦，記曾是、倚嬌成妒。深院悄、閑掩梨花，倩鶯寄語。

● 語譯

簾幕的影子移動到陰暗的地方。忽然間，雨絲灑下來了，西園變得一片濕潤，連杏花的香氣也變得寒冷了。美好的節令無聲無響地來臨，此刻她的心情又如去年一樣！她隨便地裁剪金花──用以貼面的黃花，但是，可請誰人為她畫舊時一般漂亮的眉毛呢？她徒然地想，楊柳雖然生性風流，可惜他此時不在，故此傷心得很，滴下眼淚；且由於淚水帶血，變成紅色，故弄濕了和凝聚在柔軟的絲織物上。

羅窗之處就是那一次我們唱歌的地方。可歎的是，而今院子的花木已疲倦於舞蹈，而衣縷的香氣亦已經消失了！樓臺中已空無人影，就算尚有燕子飛旋，它們也覺得很清冷呢！我已懶於在破碎的錦箋中找尋沾滿塵埃的曲譜了。我不經意地彈奏裝有精美絃綫的琴瑟。我仍記得，她曾經倚仗她生得嬌美而妒忌琴音呢！深院是靜悄悄的。她像梨花一般，被人閑置着關掩着。倘若她要將心事告訴別人，這個時候，只好請黃鶯將說話傳達而已。

三三・齊天樂

（紫霞翁開宴梅邊，謂客曰：「梅之初綻，則輕紅未消；已放，則一白呈露。古今誇賞，不出香白。顧未及此，欠事也。」施中山賦之，余和之。）

———————— · ———————— · ————————

宮檐融暖晨粧懶，輕霞未勻酥臉。倚竹嬌鬟，臨流瘦影，依約尊前重見。盈盈笑靨。映珠絡玲瓏，翠綃葱蒨。夢入羅浮，滿衣清露暗香染。

東風千樹易老，怕紅顏旋減，芳意偷變。贈遠天寒，吟香夜永，多少江南新怨。瓊疏靜掩。任剪雪裁雲，競夸輕豔。畫角黃昏，夢隨春共遠。

● 語譯

樓臺邊沿的霜雪，因天氣溫暖，漸漸消融了，可是她仍然懶
於晨粧打扮呢！輕淡的朝霞，仍未平均地塗抹在她酥潤的臉
龐上。她倚憑着翠竹，嬌美地皺着眉頭；又走近流水，看看
自己的瘦影。這些昔日飲酒時所見的景象，我還依稀記得，
現在又重見了！她此刻笑容滿面。花蕾如月下玲瓏光潔的明
珠，花葉又長得如絲綃般可愛，青翠茂盛。她做夢，進入滿
種梅花的羅浮山，因而滿身衣服惹來的清露都暗暗地為香
氣──梅花香氣所沾染呢！

在東風之中，千萬樹木都容易老去的，恐怕紅色的顏容不久
便會退減，美好的意念也在不知不覺間便會改變的。於天氣
寒冷的時候，我打算折梅一枝寄贈給我遠處的朋友。夜冷之
時，我對着梅花吟詩，但身在江南的我，新近的怨恨事不知
實在有多少呢？我獨自地靜靜關上裝飾華美的窗子。就任由
被剪裁過的雪片和雲朵極力誇耀它們不切實的豔麗吧！在裝
飾如畫的屋角旁邊和黃昏之際，她的夢追隨着春天，一起飄
到遙遠的地方！

三四・大聖樂 ｜ 東園餞春，即席分題。

嬌綠迷雲，倦紅顰曉，嫩晴芳樹。漸午陰、檐影移香，
燕語夢回，千點碧桃吹雨。冷落錦宮人歸後，記前度、
蘭橈停翠浦。憑闌久，謾凝想鳳翹，慵聽《金縷》。

留春問誰最苦？奈花自無言鶯自語。對畫樓殘照，東風
吹遠，天涯何許？怕折露條愁輕別，更煙暝、長亭啼杜
宇。垂楊晚，但羅袖、暗霑飛絮。

● 語譯

嬌豔的綠叢連天上的浮雲也被迷住了；疲倦的紅花，當天破曉之際，顰皺着眉頭，不願意醒來呢！所有美麗的樹木都沐浴在薄晴之中。漸漸到了下午，景色開始陰暗了，香花的影子在屋檐上慢慢移動；燕子也從夢中醒過來，吱吱喳喳地叫。一陣涼風吹過，千萬點的碧桃落花如雨般灑下來。自從被冷落的華貴女子歸去之後，我記得前次木蘭舟停在翠綠色春水旁邊的情況。倚憑着闌干有一段頗長的時間了，我不經意地凝神想念戴着鳳翹首飾的女子。這時，連《金縷曲》我也懶得去聽了。

把春光留下來雖然好，但試問，這樣一來，誰人最苦呢？花只是默默無言，而黃鶯也只能自言自語，這是很無奈的！我面對着在夕陽殘照之中的畫樓，而東風卻吹到很遠的地方。天邊根本上在哪裏呢？我怕的是，要折斷沾滿露水的柳條送給朋友，和帶着哀愁與他輕易地話別的情境。更何況，當晚煙冒起，黑夜來臨和杜鵑在長亭哀啼之際呢！夜色侵臨到垂楊了，我們的羅衣只有暗暗地沾惹了飛落的花絮而已！

三五·倚風嬌近 ｜ 填霞翁譜賦大花

雲葉千重，麝塵輕染金縷。弄嬌風、軟霞綃舞。花國選傾城，暖玉倚銀屏，綽約娉婷，淺素宮黃爭嫵。

生怕春知，金屋藏嬌深處。蜂蝶尋芳無據，醉眼迷花映紅霧。修花譜，翠毫夜濕天香露。

● 語譯

如雲狀的葉兒重重疊疊，很多啊！花瓣如金縷般金黃色，散發着濃郁的香氣，好像輕輕地染上了麝香粉一般！它們好似穿上了霞彩一般美的絲製舞衣，在柔軟的風中賣弄它們嬌態，美妙得很。在花園之中，它們最美麗了，被選為第一，有「傾城傾國」的美稱。如暖玉般它們倚着銀色的屏風，姿態嫵媚優美；它們只輕輕打扮，略施宮黃色；這樣，就已經足夠與其他花朵爭嬌媚了！

它們甚怕春天知道，所以把自己埋藏在深暗的地方，一如漢武帝金屋藏嬌！蜜蜂和蝴蝶，就算要找尋它們，也找不到的，因為它們毫無憑據。我的眼睛為嬌花所迷困了，好似被紅色的煙霧映照着一般。且讓我為它們編修花譜吧，我發覺我的翠綠色的毫筆，竟在晚間為天上的香露水——沾上花香的露水所沾濕了！

三六 · 酹江月 | 中秋對月

奩霏淨洗，喚素娥睡起，平分秋色。雁背風高孀兔冷，
露腳侵衣香濕。銀浦流雲，珠房迎曉，鬢影霜爭白。玉
尊良夜，與誰同醉瑤席？

忍記倚桂分題，簪花籌酒，處處成陳迹。十二樓空環佩
杳，惟有孤雲知得。如此江山，依然風月，月底人非
昔。知音何許？淚痕空沁愁碧。

● 語譯

雲散煙消，如鏡奩一般的月亮明淨如洗。它把月宮仙子嫦娥從睡夢中喚醒，與她平均分享秋天的景色。晚風在高空中的雁背上吹拂，令到月中的玉兔感覺一陣寒冷；同時露水飛灑下來，侵襲和弄濕了她帶着香氣的衣服。浮雲在天河中飄動之際，她在珠房中迎接天曉的來臨。看，她的雲鬢多皎潔啊，竟能與秋霜爭白呢！當此良夜，握着玉造的酒杯，我可與誰一起在瑤席間同飲共醉呢？

我忍受着痛苦，記起當日在桂樹下分題賦詩的舊事：我們頭上都插着花，按着籌籤行令飲酒。這一切的一切都已成為陳迹了！現時的月宮——如仙人居住的十二樓般已全無人迹了，環佩之聲亦已杳不可聞了，只有孤雲般的客居寒士知道她究竟已往哪裏去。眼前的江山，雖然風月依然如昔日，可是月亮之下的人物就不是昔日一樣了。知音現時在甚麼地方呢？我的淚水徒然沁透着充滿愁思的碧空而已。

三七・徵招 ｜ 九日登高（一題作九日有懷楊守齋）

江蘺搖落江楓冷，霜空雁程初到。萬景正悲涼，奈曲終人杳。登臨嗟老矣，問今古、清愁多少！一夢東園，十年心事，恍然驚覺。

腸斷紫霞深，知音遠、寂寂怨琴凄調。短髮已無多，怕西風吹帽。黃花空自好。問誰是、對花懷抱？楚山遠，《九辯》難招，更晚煙殘照。

● 語譯

當江蘺香草凋謝和江楓悽冷的時候，雁兒飛過霜冷的天空後，剛剛來到了。這時，一切的景象正是很悲涼之際啊！無奈，歌曲已唱完，而人已去了很遠的地方，看也看不見了。我登上高處，慨歎自己已年紀老邁了。我試問，今時和往日，清愁究有多少呢？我做了一個夢，進入詞人紫霞翁楊纘的故居東園；忽然間，我驚覺以前所發生過的事情；這件事我已埋藏於心中十年了！

我悲傷得很，腸也斷了！紫霞翁已去了幽深的地方──已逝世了，知音已遠去。幽怨的琴音和淒涼的曲調已寂寂無聞了。我的頭髮已脫落了不少，所餘無幾了；我現時最怕的是，西風吹落我的帽子呢！黃色的菊花獨自嬌美，這又有甚麼用呢？試問，誰人會關心和愛惜它們呢？他（楊纘）葬在楚山這個很遠的地方，就算仿傚戰國時宋玉一般以《九辯》的辭賦去招魂，也很難把楊纘的魂魄招回來呢！更何況在這個煙靄滿佈和殘陽夕照的黃昏！

三八 · 明月引 ｜ 寄恨

（趙白雲初賦此詞，以為自度腔，其實即《梅花引》也。陳君衡、劉養源皆再和之。余會有西州之恨，因用韻以寫幽懷。）

———————— · ———————— · ————————

舞紅愁碧晚蕭蕭。遡回潮，竚仙橈。風露高寒，飛下紫霞簫。一雁遠將千萬恨，懷渺渺，剪愁雲，風外飄。

酒醒未醒香旋消。采江蘺，吟《楚招》。清徽芳筆，梅魂冷、月影空描。錦瑟瑤尊，閑度可憐宵。二十四闌愁倚遍，空悵望，短長亭，長短橋。

● 語譯

晚間寂寞冷落得很啊！只有飛舞的紅花和哀愁的綠葉而已！逆着回流的潮水，我的如在仙境的小舟停止航行了。風正高，露正寒之際，天空飛下了一管紫竹簫呢！一隻雁兒從遠處帶來了千萬的怨恨，可是我的懷抱卻頗細小，真受不住了。我試圖將愁雲剪去，把它送到風外，讓它飄走！

酒醒了，但實際上未有真正的醒來啊！可惜的是，酒香卻不多久便消失了。我採摘江蘺草，又吟詠《楚辭》中的招魂曲。琴聲清越婉轉，繪筆又美妙得很；但是，在月影之下，梅花的魂魄顯得特別淒冷，描畫它又有何用呢？不是徒然嗎？縱使我有美好的琴瑟和玉飾的酒器，以供彈琴和飲酒，可愛的夜晚不是一樣地等閑地度過嗎？我滿懷愁緒，倚遍了二十四橋的闌干，且惆悵地遠望短亭長亭（五里一短亭，十里一長亭）和長橋、短橋，然而我的舉動只是徒然而已，一點用處也沒有呢！

三九·明月引 ｜ 養源再賦，余亦載賡。

雁霜苔雪冷飄蕭。斷魂潮，送輕橈。翠袖珠樓，清夜夢瓊簫。江北江南雲自碧，人不見，淚花寒、隨雨飄。

愁多病多腰素消。倚清琴，調《大招》。江空年晚，淒涼句、遠意難描。月冷花陰，心事負春宵。幾度問春春不語，春又到，到西湖，第幾橋？

● 語譯

在如霜一般寒冷的風吹過苔蘚上的凝雪之際，雁兒飛過。潮
水來了，我送別輕舟上的佳人，這時我的魂也斷了！於珠樓
之內，翠袖叢中，我整晚做夢，見到她——如古代神話中
的仙子許飛瓊或唐代的玉簫一般漂亮的她。江北和江南的
浮雲孤獨地躺在那裏，呈現出碧綠色。我見不到我想見的佳
人，我灑下冰冷的淚水，如落花一般，隨雨水飄蕩。

我心中充滿愁緒，身體多病，腰圍也消瘦了，幸有青琴作
伴，賴以彈奏楚辭中《大招》之曲。江上絕無船隻，空寂得
很。更何況這正當歲暮之時呢！我的詩雖滿是淒涼的句子，
可是懷念遠方的心意卻是難以描寫出來的。眼前只有一輪冷
月和陰暗的花叢，我的心事真的是辜負了可愛的春夜呢！我
曾多次向春天查問，可是它卻沒有回答。現在春天又來到西
湖了，但是它到了西湖的哪一條橋呢？

四十·大酺 ｜ 春陰懷舊

又子規啼，荼蘼謝，寂寂春陰池閣。羅窗人病酒，奈牡丹初放，晚風還惡。燕燕歸遲，鶯鶯聲懶，閑冑鞦韆紅索。三分春過二，尚賸寒猶凝，翠衣香薄。傍鴛徑鸚籠，一池萍碎，半檐花落。

最憐春夢弱，楚臺遠、空負朝雲約。謾念想，清歌錦瑟。翠管瑤尊，幾回沉醉東園酌。燕麥兔葵恨，倩誰訪、畫闌紅藥？況多病、腰如削。相如老去，賦筆吟箋閑卻，此情怕人問着。

● 語譯

又是杜鵑鳥哀啼，荼蘼花凋謝的時候了！池塘和樓閣都寂靜
地落在春色的陰暗處。綺羅窗下的人們正在醉酒呢！無奈在
晚風仍然作惡，吹得頗緊的時候，牡丹花正初開呢！燕子遲
歸了，黃鶯也懶鳴了，鞦韆的紅色繩索也被閑置着，無人去
動它一動。三分的春色已過其二了，只有剩餘的寒氣，仍然
凝結在那薄帶香氣的翠衣上而已。靠近鴛鴦徑，我看見一隻
鸚鵡，又見到一池都是掉落的楊花，更注意到雨點如落花一
般從半檐飄下來呢！

我最憐惜的是，春天的夢是頗為薄弱呢！楚臺——戰國時
宋玉《高唐賦》所提到的巫山陽臺啊，是頗為遙遠的，我
徒然辜負了如楚襄王與神女的「旦為朝雲，暮為行雨」的約
會。我不經意地想起，當時有清雅的歌唱，美好的琴瑟，翡
翠般的簫管和美玉般的酒杯；曾經多少次在東園飲酒以致沉
醉呢！在那種滿燕麥和兔葵的地方，我舊地重遊，已惹起我
不少感慨今昔之恨，此際應該請誰人去尋訪那有花紋裝飾之
闌干旁邊的紅芍藥花呢？我就不便去了！況且，我現時正在
多病，身體又消瘦得如被削掉一般呢！我如漢代的司馬相如
般年紀老邁了，賦詠用的筆管和吟詩用的紙箋已被閑置着，
無人用了。如此的情況，我恐怕別人問起來呢！

四一·掃花遊 ｜ 用清真韻

柳花颺白，又火冷餳香，歲時荊楚。海棠似語。惜芳情
燕掠，錦屏紅舞。怕裏流芳，暗水啼煙細雨。帶愁去，
嘆寂寞東園，空想遊處。

幽夢曾暗許。奈草色迷雲，送春無路。翠丸薦俎，掩清
尊謾憶，舞蠻歌素。怨碧飄香，料得啼鵑更苦。正愁
竚，暗春陰、倦簫殘鼓。

● 語譯

白色的柳花在空中飛舞啊！江南一帶又到了禁煙火和吃飴糖的清明時節了！海棠花好像要與我們說話一般。可惜燕子歸來時，飛過了美好的春花，使到殘紅亂舞，掉落在如錦屏般的草地上。恐怕這些落花會在如啼哭的煙靄和細雨中隨着暗暗的流水而飄走呢！它們都是帶着哀愁而離去的。我慨歎，此時的東園一定很寂寞了，而我卻憶念以前曾到那裏遊歷過。可是，徒然思念又有何用呢？

在幽夢中我曾經應允過送春的。無奈，芳草與碧空相接，以致空中的雲朵如被它們迷住了一般。故在此情況之下，我真是無法將春送走了！我惟有把如翠丸般的梅子放在盤盞上，供人品嘗。喝過酒之後，將酒朴放下，我不經意地記起那些倡伎——如唐代詩人白居易的侍妾小蠻和樊素的舞蹈與歌唱。看見當前哀怨的碧草和飄下來的花香，我料想哀啼的杜鵑鳥更加淒苦呢！當我站立在那裏愁緒滿懷之際，春色變得陰暗了，疲倦的簫聲和殘餘的鼓響又隨着送到呢！

四二 · 憶舊游 ｜ 次韻簣房，有懷東園。

記花陰映燭，柳影飛梭，庭戶東風。彩筆爭春豔，任香迷舞袖，醉擁歌叢。畫簾靜掩芳畫，雲剪玉瓏瓏。奈恨絕冰絃，塵消翠譜，別鳳離鴻。

鸞籠。怨春遠，但翠冷閑階，墜粉飄紅。事逐華年換，嘆水流花謝，燕去樓空。繡鴛暗老薇徑，殘夢遠雕櫳。悵寶瑟無聲，愁痕沁碧，江上孤峰。

● 語譯

我記得，昔日在花叢的陰暗處燃點蠟燭賞花的日子。那時黃鶯在垂柳間飛舞，東風吹進了庭戶。我們拿着彩筆賦詩，有意與春天的美景爭妍鬥麗。我們任由花香迷困着身穿舞衣的女士，也讓自己飲酒至醉，在歌者的人叢中互相擁抱。畫簾靜靜地垂下來，把美麗的白晝掩閉住，我們欣賞眼前如彩雲般裁剪成的美草嬌花。無奈我的怨恨已隨着精美如冰的琴絃斷絕了，塵埃亦已封蓋着我的翠綠色的樂譜。朋友也如離別的鳳和鴻一般，不在一起了。

鸚鵡怨恨春天已經遠去，只剩下白色和紅色的落花飄墜在一片淒冷的綠草和閑置的石階之上。事情已隨着光陰的消逝而變換了，我慨歎水不斷地流去，花繼續地凋謝。燕子已飛走了，只剩下空無一人的樓臺而已！在採薇之路徑上美麗的鴛鴦不知不覺地衰老了，而我的殘夢只好縈繞着有雕飾的窗牖。我不能再彈奏寶瑟了，多惆悵啊！我的愁緒慢慢地沁透碧空和滿佈着江上的孤獨山峰呢！

四三·柳梢青

（余生平愛梅，僅一再見逃禪真迹。癸酉冬，會疏清翁孤山下，出所藏《雙清圖》，奇悟入神，絕去筆墨畦徑。卷尾，補之自書《柳梢青》四詞，辭語清麗，翰札遒勁，欣然有契於心。余因戲云：「不知點胸老、放鶴翁同生一時，其清風雅韻，優劣當何如哉？」翁嚎曰：「我知畫而已，安與許事，君其問諸水濱！」因次韻，載名於後，庶異時開卷索笑，不為生客云。）

———————— · ———————— · ————————

約略春痕，吹香新句，照影清尊。洗盡時粧，效顰西子，不負東昏。

金沙舊事休論，儘消得、東風返魂。一段真清，風前孤驛，雪後前村。

● 語譯

這些梅花約略地顯現了春天的痕迹。新詩句散發出香氣，而梅花的影子又映照在清雅的酒杯上。她們洗盡了時尚的粧扮，又仿效美人西施淺皺眉頭的樣子，更不辜負東昏侯蕭寶卷的關顧。東昏侯就是那位為他的妃子潘玉兒國亡身死，而玉兒亦以死報之的南朝齊國君主啊！

不要討論北宋隱逸詩人林逋在西湖孤山金沙井隱居種梅和詠梅的舊事了，且讓我們盡量享受春來時梅花返魂開放的事實吧！梅花可在風前孤寂的驛站生長，又可在雪後的前村開放，這真是一段清雅的韻事呢！

四四 · 柳梢青

萬雪千霜，禁持不過，玉雪生光。水部情多，杜郎老去，空惱愁腸。

天寒野嶼空廊，靜倚竹、無人自香。一笑相逢，江南江北，竹屋山窗。

● 語譯

漫天霜雪啊！雪下得很濃，霜也積得很厚。但它們都阻止不了梅花如玉雪般映着它們開放，閃閃生光。雖然南朝梁的何遜——那位當過尚書水部郎的詩人，曾經寫過《詠早梅詩》，表示他對梅花多情；唐代的大詩人杜甫也曾因逢早梅而特地吟詠過一首詩，可惜他已老去了。此際愁腸苦惱，又有何用呢？

於寒冷的天氣中，在荒野的小島上和寂靜的迴廊中，梅花只是靜悄悄地倚憑着修竹。那裏空無一人，它惟有自己欣賞自己身上散發出的香氣而已！無論在江南或江北，也無論在竹屋裏或山窗下，只要梅花與人相逢，它們一定會會心微笑的。

四五 · 柳梢青

映水穿籬，新霜微月，小蕊疏枝。幾許風流，一聲龍竹，半幅鵝溪。

江頭悵望多時，欲待折、相思寄伊。真色真香，丹青難寫，今古無詩。

● 語譯

梅花穿過籬笆生長，映照在水面上。霜雪新臨，月色微茫之際，疏落的梅枝上綻放細小的花朵。只要簫笛一聲吹奏古曲《梅花落》，或見到鵝溪的名絹畫上半幅梅花圖，就有不少風流韻事發生了！

我在江頭惆悵地盼望很久了。我這麼想，讓我折取一枝梅花，將相思之情遠寄給她吧！梅花具有真正的色澤和真正的香氣啊！就算圖畫也難把它畫出來，同時，從古至今都沒有一首詩可以把它描寫出來呢！

四六 · 柳梢青

夜鶴驚飛，香浮翠蘚，玉點冰枝。古意高風，幽人空谷，靜女深幃。

芳心自有天知，任醉舞、花邊帽欹。最愛孤山、雪初晴後，月未殘時。

● 語譯

夜間的白鶴驚慌地飛起來了！香氣從梅樹上翠綠色的苔蘚浮升，而如玉一般的梅花點綴在冰白的梅枝上。它們古意泱泱，高潔風韻，如幽居之人在空谷，又如貞靜的女子在羅幃深處。

它們高潔的情思自然有天知道的。任由賞花的人醉酒舞蹈，在花的旁邊傾心賞花以致風帽傾斜吧！它們最愛的是，當孤山下雪之初和天晴之後，以及月色未殘盡之時呢！

四七・聲聲慢 ｜ 逃禪作梅、瑞香、水仙，字之曰三香。

瑤臺月冷，佩渚煙深，相逢共話淒涼。曳雪牽雲，一般淡雅梳粧。樊姬歲寒舊約，喜玉兒、不負蕭郎。臨水鏡，看清鉛素靨，真態生香。

長記湘皋春曉，仙路迥、冰鈿翠帶交相。滿引臺杯，休待怨笛吟商。凌波又歸甚處，問蘭昌、何似唐昌？春夢好，倩東風、留駐瑣窗。

● 語譯

在冷月照耀下的瑤臺裏，或深煙迷鎖中的湘水邊，梅花、瑞香與水仙「三香」相逢了，她們共同談論彼此間的淒涼生活。她們帶着雪花和牽引着雲彩，打扮得頗為淡雅，如一般人模樣呢！這使我聯想起春秋時楚莊王的夫人樊姬在歲寒時的舊約。我又聯想起秦穆公的女兒弄玉不負簫史的情事。這些都是值得高興的呢！三位仙子臨水自照，看見自己的臉容已鉛華盡洗，露出了素白的酒窩兒。這自然的美態散發着一股香氣。

我常常都記得，在湘水邊的高地上春曉的情況。那裏仙女要走的路程頗為遙遠，水仙花戴着冰白的頭飾和拖着交在一起的翠綠色的腰帶趕路。她在樓臺上拿起滿杯酒，一飲而盡，更不等待幽怨的笛子吟唱悲哀的歌曲了。如凌波仙子的水仙花，這個時候又歸去哪裏呢？我好奇地問，唐代薛昭在蘭昌宮所遇見的張雲容、劉蘭翹和蕭鳳台三位仙女跟唐昌觀所崇祀的唐玄宗女唐昌公主如何比較呢？她們三位可比得上唐昌公主嗎？春夢是美好的，我懇請東風留下來，為我駐守着我的小窗呢！

四八·聲聲慢 ｜ 逃禪作菊、桂、秋荷，目之曰三逸。

粧額黃輕，舞衣紅淺，西風又到人間。小雨新霜，萍池蘚徑生寒。輸它漢宮姊妹，綴星鈿，霞佩珊珊。涼意早，正金盤露潔，翠蓋香殘。

三十六宮秋好，看扶疏仙影，伴月長閑。寶絡風流，何如細蕊堪餐？幽香未應便減，傲清霜、正自宜看。吟思遠，負東籬、還賦小山。

● 語譯

她（秋荷）抹着輕淡的黃色，作額前粧扮；又穿着淺紅色的舞衣。就在這個時候，西風又來到人間了。天灑着細雨，降着新霜，萍池中和蘚徑都生出一陣寒氣呢！她戴着燦爛如星光的頭飾和美麗如霞彩的玉佩，就算美如「漢宮姊妹」的漢成帝皇后趙飛燕和趙合德都比不上她呢！涼意來得頗早啊，正是這個時候，她的金盤已凝結了潔淨的露水，而她的翠綠色的葉兒的香氣已開始殘剩了。

三十六宮的秋色多好啊！看啊，她（桂）的仙影繁茂披分，又長期清閑地陪伴月亮。她（菊）披着珍貴的纓絡，舉止蕭散，品格清高。她的細小花兒不是很值得我們作為餐食嗎？她在清寒的霜雪中高傲地生長着，此際她的幽香應該仍未減退的，正是值得我們觀賞之時呢！我吟詠的思緒離開我很遠，辜負了種在東籬下的菊花。還是待曾經賦詠過桂樹的漢代淮南王劉小山去吟詠它們吧！

四九·宴清都 ｜ 登雪川圖有賦

老去閑情懶。東風外、菲菲花絮零亂。輕鷗漲綠，啼鵑
暗碧，一春過半。尋芳已是來遲，怕迤邐、華年暗換。
應悵恨、《白雪》歌空，秋霜鬢冷誰管。

憑闌自笑清狂，事隨花謝，愁與春遠。持杯顧曲，登樓
賦筆，杜郎才減。前歡已隔殘照，但耿耿、臨高望眼。
遡流紅、一棹歸時，半蟾弄晚。

● 語譯

年紀老了，我需要的是閑情，故此越來越懶散了。外邊東風吹拂，花絮飛舞，零亂得很。輕快的海鷗在上漲的綠波飛過，啼叫的杜鵑棲宿在深暗碧綠的樹叢中。春天便如此的過了一半！找尋美麗的花草，已經是遲來的了；我更怕的是，如此因循下去，寶貴的光陰便會不知不覺地轉換呢！當唐代詩人岑參的《白雪歌》彈奏完畢之後，我應該感到惆悵和怨恨。現時我的鬢髮——被人冷落的鬢髮已如秋霜般灰白了，但誰人會理會呢？

我倚憑着闌干，笑自己是個清狂之士。往事已隨花凋謝，哀愁亦隨春天遠去。我握着酒杯，欣賞歌唱；又登上高樓，如東漢末年王粲般賦詩，可惜我這個如杜牧的詩人，才華已經沒有多少了。舊日的歡愉事已經成為過去，好似隔着夕陽殘照一般。但是，我仍耿耿於懷，不時登高遠望，緬懷昔日。我順着流水中的紅花歸去，當我的小舟回到家時，新月已經在晚間升起了。

五十 · 齊天樂

（余自入冬多病，吟事盡廢。小窗淡月，忽對橫枝，恍然空谷之見似人也。泚筆賦情，不復作少年丹白想，或者以九方皋求我，則庶幾焉。）

---·---·---

東風又入江南岸，年年漢宮春早。寶屑無痕，生香有韻，消得何郎花惱。孤山夢繞。記路隔金沙，那回曾到。夜月相思，翠尊誰共飲清醥。

天寒空念贈遠，水邊憑為問，春到多少？竹外凝情，牆陰照影，誰見嫣然一笑？吟香未了。怕玉管西樓，一聲霜曉。花自多情，看花人自老。

● 語譯

東風又吹入江南岸了。年年春天，梅早就到了漢宮。它的花如寶屑一般，毫無瑕疵；它的生長，很有韻致，就算南朝何遜對梅花生氣也不行呢！孤山滿種梅花，我做夢也縈繞着它。我仍記得，到孤山之路雖有金沙井阻隔，但那一次我真的曾經到過。夜月之時，忍受着相思之苦，我拿起翠玉造的酒杯，但可與誰人共飲清酒呢？

天氣寒冷，我想到，應該折梅寄給遠方的朋友，但這是沒有用的。我身在水邊，可以向誰詢問，春天究竟來了多久？她在竹外將情思凝結在心裏，又在門牆的陰暗處顧影自憐。誰人曾見過她嫣然一笑呢？我對着梅花吟詩還未完畢，可是，我怕的是，有人在西樓吹玉笛，一直吹到霜天破曉！梅花白然多情，而看梅花的人也自自然然步入老境了。

五一·瑤花慢

（后土之花，天下無二本。方其初開，帥臣以金瓶飛騎，進之天上，間亦分致貴邸。余客輦下，有以一枝……）（以下共缺十八行）

————————·————————·————————

珠鈿寶珙，天上飛瓊，比人間春別。江南江北，曾未見、謾擬梨雲梅雪。淮山春晚，問誰識、芳心高潔？消幾番花落花開，老了玉關豪傑！

金壺剪送瓊枝，看一騎紅塵，香度瑤闕。韶華正好，應自喜、初識長安蜂蝶。杜郎老矣，想舊事、花須能說。記少年一夢揚州，二十四橋風月。

◉ 語譯

這是鑲嵌着珍珠的首飾或珍貴的玉佩啊！她又可能是古代民間傳說中的天上仙女許飛瓊下凡呢！要我離開她，這比人間與春天告別更加難受呢！我走遍江南江北，還未見過如此潔白的瓊花——潔白得如白雲的梨花或如白雪的梅花。淮山（揚州）的春天差不多殘盡了。試問還有誰人認識她的美麗內心是高潔的呢？她多少次花落花開啊！就這樣將她這個生長在外，如玉門關那麼遙遠的名花，送入老境了。她可以消受得住嗎？

她的形狀如金壺——計時器般美麗。人們把這樣一枝瓊花剪下來，把它送到遠方。看啊，帥臣騎着馬匹，在紅塵中奔跑，把滿帶香氣的它送到華美的宮殿。這正是她美好的時光啊！她應該滿心歡喜，因為這是她第一次認識京都長安的蜂和蝶的時候。我這個如杜牧的詩人已經衰老了，但我料想，對於以前發生過的事情，瓊花一定能夠細說的。我記得，少年時，如做夢一般曾到過揚州，當時給我印象最深刻的是，在微風之中，明月映照下的二十四橋的景致呢！

五二・玉京秋

（長安獨客，又見西風，素月丹楓，淒然其為秋也，因調夾鐘羽一解。）

———————　·　———————　·　———————

煙水闊。高林弄殘照，晚蜩淒切。碧砧度韻，銀牀飄葉。衣濕桐陰露冷，采涼花、時賦秋雪。嘆輕別！一襟幽事，砌蛩能說。

客思吟商還怯，怨歌長、瓊壺暗缺。翠扇恩疏，紅衣香褪，翻成消歇。玉骨西風，恨最恨、閑卻新涼時節。楚簫咽，誰倚西樓淡月。

● 語譯

煙霧籠罩着一片闊大的江水，夕陽賣弄它的風姿，殘照着高聳的樹木，晚蟬不斷地哀鳴，淒淒切切。我聽見人家正在搗衣，不斷傳出似有韻律的砧聲；又看見落葉飄在井闌的旁邊。夜露冰冷，我站在桐陰之下，衣服都被沾濕了。採摘秋花之餘，我又為秋雪賦詩。我慨歎，那麼輕易便要與友人離別了！我隱藏在心裏的情事只有石階上的蟋蟀明白，亦只有它們能夠訴說出來。

我懷着作客他鄉的心情，以悲涼的調子——林鐘商吟詠詩賦，但畢竟還有些驚怯的。我唱着哀怨的長歌，瓊玉造的酒壺在不知不覺間已被我敲破了。如執扇一般的翠綠色的荷葉已經漸漸疏落凋謝了，如紅衣一般的荷花所散發的香氣亦已褪減了。一切都已停止了，變得如煙消雲散！她冰肌玉骨，可憐正在西風之中，飽受折磨呢！她此刻最怨恨的是，在這新涼時節之時，孤零零地一個人，沒有人為她作伴！楚簫悲鳴啊！當此際，誰人倚在西樓之中，淡月之下默默凝思呢？

五三·楚宮春 ｜ 為洛花，度無射宮。（一題作牡丹）

香迎曉白，看煙佩霞綃，弄粧金谷。倦倚畫闌無語，情深嬌足。雲擁瑤房翠暖，繡帳卷、東風傾國。半捻愁紅，念舊遊、凝竚蘭翹，瑞鶯低舞庭綠。

猶想沈香亭北，人醉裏、芳筆曾題新曲。自剪露痕，移取春歸華屋。絲障銀屏靜掩，悄未許、鸎窺蝶宿。絳蠟良宵，酒半闌、重繞鴛機，醉屬爭妍紅玉。

● 語譯

洛陽花——牡丹的香氣迎着天的破曉發散出來了。看啊，
她的佩玉飄盪如輕煙，她的絲製衣裳如霞彩般豔麗。此刻她
正於美若晉代石崇在洛陽的金谷園內整理梳粧呢！她疲倦地
倚憑着畫有花紋的闌干，沒有說話，但她心內的情愫是深藏
的，而外面的嬌態是完美的。花瓣如雲朵一般擁護着翠綠而
溫暖的花蕊。當繡帳揚起之後，東風吹拂之時，人們便可以
見到她傾城傾國的美態了！她臉上帶着絲絲愁紅，想念着舊
日的遊玩情況：她曾如唐代宮女劉蘭翹般在那裏凝神竚立，
看着祥瑞的鸞鳥在園庭的綠叢中低低飛舞。

她仍然想着唐代詩人李白酒醉應詔沉香亭詠牡丹的舊事。當
李白酒醉之時，他曾以美妙之詩筆題寫新曲。她好像自己將
沾滿露水痕迹的春花剪裁下來，又把她移歸到華麗的屋裏。
然後，她靜掩絲織成的障物和銀色的屏風，使到周圍靜悄悄
地，更不准許黃鶯窺看和蝴蝶在那裏棲宿。在大好的晚上，
她燃點着大紅色的蠟燭，喝酒至半夜；又多次地環繞着繡
具，將牡丹花繡在絹上。她的醉臉與繡絹上的牡丹花都如紅
玉一般地美，她們正在爭妍鬥麗呢！

五四 · 東風第一枝 ｜ 早春賦

草夢初回，柳眠未起，新陰纔試花訊。雛鶯迎曉偎香，小蝶舞晴弄影。飛梭庭院，早已覺、日遲人靜。畫簾輕，不隔春寒，旋減酒紅香暈。

吟欲就、遠煙催暝，人欲醉、晚風吹醒。瘦肌羞怯金寬，笑靨暖融粉沁。珠歌緩引，更巧試、杏粧梅鬢。怕等閑、虛度芳期，老卻翠嬌紅嫩。

● 語譯

小草剛剛從夢中醒過來，但柳條仍然在睡眠中，不曾起牀呢！這是新的天氣應花期而來的時候。雛鴦迎接天曉，偎倚着香花；小蝶在晴朗的天色中飛舞，賣弄它們的倩影。黃鶯飛入庭院之時，它早已發覺白晝來得很遲了，而人們仍然是靜悄悄的。畫簾輕盈，故不能夠將春寒阻隔，但不多時卻能減輕因喝酒而引起的臉上紅色和減少香氣的範圍。

我吟詩，差不多完成了。這個時候，遠處的煙靄正催促着黑夜的來臨！我欲醉酒，但晚風卻把我吹醒。她（早春）消瘦了，覺得金釧寬鬆而心驚，多羞愧啊！她的笑臉沁出溫暖，連脂粉也融化了，透出來了！她緩慢地引唱如珍珠般美的歌曲，更加巧妙地粧扮，嘗試杏花粧或梅花粧呢！她恐怕等閑地白白地度過美好的時光，以致令到嬌美的綠葉和幼嫩的紅花變得蒼老呢！

五五・繡鸞鳳花犯 ｜ 賦水仙

楚江湄，湘娥乍見，無言灑清淚。淡然春意，空獨倚東風，芳思誰寄？凌波露冷秋無際，香雲隨步起。謾記得、漢宮仙掌，亭亭明月底。

冰絃寫怨更多情，騷人恨枉賦，芳蘭幽芷。春思遠，誰嘆賞、國香風味？相將共、歲寒伴侶。小窗淨、沉煙薰翠被。幽夢覺、涓涓清露，一枝燈影裏。

● 語譯

在楚江之岸邊，我忽然間見到湘娥——水仙花。她默默無言，卻灑下清澈的淚水。春意油然而生，但卻是輕淡淡的。她徒然在東風之中倚憑着，而她藏在心裏的怨恨可以向誰表白呢？她好像在冷露之中，從無邊無際的秋郊，踏着微波姍姍而來到這裏。她步行的時候，發出香氣的雲朵便隨着興起。我不經意地記起，漢宮內金銅仙人如掌形狀的擎露盤，它在明月之下，亭亭聳立着。眼前水仙花的模樣不正是如此嗎？

如冰樣的絃綫（琴絃）便於抒發幽思，所表達的情懷就更多了。騷人墨客所賦詠芳蘭幽芷的詩句，是枉費心機的呢！我的春思飄拂到很遠的地方。誰人讚歎和賞識有「國香」之稱的水仙花的風采和韻味呢？我即將與它成為歲寒的伴侶了。在明淨小窗之下，我以沉香之煙去熏香我翠綠色的衾被。當我從幽暗的夢醒來之時，我看見，在燈影之中，一枝佈滿細小清露的水仙花呢！

五六·桂枝香 ｜ 雲洞賦桂

巖霏逗綠。又涼入小山，千樹幽馥。仙影懸霜粲夜，楚宮六六。明霞洞窅珊瑚冷，對清商、吟思堪匊。麝痕微沁，蜂黃淺約，數枝秋足。

別有雕闌翠屋。任滿帽珠塵，拚醉香玉。瘦倚西風誰見，露侵肌粟。好秋能幾花前笑，繞涼雲，重喚銀燭。寶屏空曉，珍叢怨月，夢回金谷。

● 語譯

岩洞外的雲氣逗引起一片綠色。這又是一次涼氣侵入小山的時候，令到山上的千萬樹木都散發出幽冷的香氣。如仙影的桂樹，被冰霜懸掛之後，在晚間呈現出特別的光輝，一如昔日楚國三十六宮內所種植的桂樹的模樣。這隱藏在美麗霞彩中的岩洞是深遠的，裏面的桂樹可愛得如珊瑚一般，但此際已變得清冷了。它們面對着幽怨和哀傷的曲調，牽引起它們的吟思，令人珍惜不已。如麝香的氣味輕輕地沁出來，可是黃蜂卻沒有多少理會它。儘管如此，數枝桂樹已足夠標誌着秋天了！

此處有不尋常的雕飾闌干和翠綠色的屋宇。任由如珠玉一般的塵埃佈滿她們的帽子吧！她們拚命地飲酒，使到如香玉般的自己醉倒為止！她們身軀消瘦，倚着西風而立。誰人會注意到她們被露水所侵，以至肌膚凸起小粒，如「小米」的形狀呢？在美好秋天的時光裏，能夠有多少次在花前歡樂和被清涼的雲朵環繞着和又一次燃點起銀燭的機會呢？此際，如寶貝般的屏風只徒然迎接曉日，珍貴的叢林——桂樹亦只怨恨月亮而已。我們不如夢入華胥，回到如晉代石崇在洛陽的金谷園好了。

五七 · 憶舊遊 ｜ 落梅賦

念芳鈿委路，粉浪翻空，誰補春痕？竚立傷心事，記宮
檐點鬢，候館沾襟。東君護香情薄，不管徑雲深。嘆金
谷樓危，避風臺淺，消瘦飛瓊。

梨雲，已成夢，謾蝶恨淒涼，人怨黃昏。撚殘枝重嗅，
似徐娘雖老，猶有風情。不禁許多芳思，青子漸成陰。
怕酒醒歌闌，空庭夜月羌管清。

● 語譯

當我想念到漂亮的頭飾被委棄於路旁和如浪的粉片在空中翻飛的時候，我便會提出一個疑問：誰人會修補這個春天的裂痕呢？我凝神地站在那裏，為我的心事而哀傷。我記起，宋武帝女兒壽陽公主於含章殿檐下，梅花飄落在她的額上，成五出之花，公主拂之不去，自後有梅花粧的故事；又記起，行役之人於旅舍被飄落的梅花飛上衣襟的事情。司春之神保護春花之情太薄弱了，祂不管春花都生長在雲間深處的山徑上呢！我慨歎，晉代石崇的侍妾綠珠曾在金谷園的高樓為酬知己墜樓而死，又漢成帝因趙飛燕身輕如燕，不勝風吹，而為她築七寶避風臺；以及仙女許飛瓊消瘦如花的韻事。她們的遭遇都與梅花凋殘相同呢！

梅花，如梨花一般，此刻已凋謝了，一切已成為幻夢！不經意地，蝴蝶對它們的淒涼身世產生怨恨，人們也對黃昏的降臨埋怨不已。看啊，人們握着凋殘的梅枝又一次用鼻子去嗅。梅花雖然像南朝梁元帝蕭繹妃徐氏一般老去，但尚有風情呢！我禁不住泛起許多美好的思情啊！可是，青色的梅子已漸多了，已可以成蔭呢！恐怕酒醒之後，歌唱已完盡了！此際，空庭之內，月夜之中，只聽到淒清之羌笛聲而已！

五八·綠蓋舞風輕 ｜ 白蓮賦

玉立照新粧，翠蓋亭亭，凌波步秋綺。真色生香，明璫搖淡月，舞袖斜倚。耿耿芳心，奈千縷、情絲縈繫！恨開遲，不嫁東風，蹙怨嬌蕊。

花底。謾卜幽期，素手采珠房，粉豔初退。雨濕鉛腮，碧雲深、暗聚軟綃清淚。訪藕尋蓮，楚江遠、相思誰寄？棹歌回，衣露滿身花氣。

● 語譯

白蓮新粧打扮，如美玉一般站在那裏，臨水自照。它的翠綠色的葉子高聳啊！她姍姍微步，踏着似錦繡的秋水而來。她的本來的美色散發出香氣，所戴的夜明珠造的耳飾在淡月之下搖曳生姿，舞袖又斜倚在一邊呢！她的美善的心對事情總是放不下的。最無奈的是，千萬縷的情絲卻緊緊地纏繞着她的心呢！她是較遲開的，所以怨恨不能及時嫁與東風。這使到她顰眉不樂，更埋怨她的嬌美的花蕊。

她（大概指女士）在花底下隨意地占卜幽會的日期，更以素白色的玉手採摘蓮蓬，因為這個時候，白蓮的如白粉般美豔的花朵已經開始退減了！雨點將她的鉛白色的臉龐沾濕。她躲在如碧雲一般的荷葉深處，但水珠猶如淚水般暗聚在她的輕柔如綃的臉上！她訪蓮藕，尋蓮花，可惜楚江遙遠，那麼，她可以將相思之情寄給誰人呢？棹歌唱完了，她的衣衫沾滿了露水，而滿身亦沾染了花的香氣。

五九 · 六幺令 ｜ 次韻劉養源賦雪

癡雲剪葉，檐滴夜深悄。銀城飛捷翠壠，占祥豐年報。
白戰清吟未了，寒鵲驚枝曉。鶴迷翠表，山陰今日，醉
臥何人問安道？

交映虛窗淨沼，不許遊塵到。誰念絮帽茸裘，嘆幼安今
老。玉鑑修眉未掃，白雪詞新草。冰蟾光皎，梅心香
動，閑看春風上瓊島。

● 語譯

凝滯的雲層被剪成雪花片片，如細碎的樹葉，在夜深的時
候，靜悄悄地從屋簷滴下來。它們從天宮飛到翠綠色的田
野，應驗占卜，報告祥瑞的豐年已經到來。對雪賦詠「禁體
詩」──即詩中不許用某些字眼的詩，還未完成之時，棲宿
在枝頭上的寒鵲已被天曉驚醒了！化鶴歸來的漢代仙人丁令
威，因翠綠色的華表被白雪覆蓋，竟認不出來呢！今日在山
陰裏，酒醉醒來之後，還有誰人去訪問東晉的戴道安呢？

在清淨的水澤中，雪片交輝，映照在虛窗上。那裏連一點
遊塵也沒有！誰會想念詞中屢屢提及沾雪的帽子和雪花沾
滿衣裳的南宋詞人辛棄疾呢？可歎的是，現時辛棄疾已年紀
老了！在如玉一般的鏡中，修眉還沒有描畫好，賦詠白雪的
新詩詞已完成了。東晉才女謝道韞不是早有詠雪詩嗎？冰冷
的月色光輝皎潔啊！梅花的心因而被打動了，香氣因之而生
呢！且讓我們安閑地觀看春風吹上如瓊玉般的島嶼吧！

六十·六幺令 | 再雪再和

迴風帶雨，凍澀漏聲悄。小窗照影虛白，幾誤鄰雞報。
千樹天花綻了，鵠立通明曉。眼空八表，宮袍帶月，醉
裏應迷灞陵道。

風靜瓊林翠沼，片片隨春到。吟韉十里新堤，怪四山青
老。玉唾珠塵怕掃，句冷池塘草。白天寒皎，飛瓊何
在，夢覓梨雲度仙島。

● 語譯

旋風帶着雪雨，天氣變得寒冷，滴漏之聲也因而差不多停頓了，靜悄悄地。我站在小窗之前，雪光映照着我。我幾乎誤會是鄰雞報曉呢！千樹被白雪壓住，看去好像是白花盡開的樣子。我如鴻鵠一般，站立窗前觀雪直到天曉！我的視野通到八方之外。我隱約看見有人穿着宮袍，帶着月色，喝酒至醉，以致迷路——連有名的灞陵道也不知道呢！

美如瓊玉的樹林和青如翠玉的池沼，那處的旋風已靜下來了，只見片片雪花隨着春天來到！在十里長的新築堤岸上，我騎馬踏雪吟詩。我只怪責四邊的青山此時已經蒼老了。天空咳唾成玉珠，滿山滿野皆是白雪，多得很啊！我真是怕去清掃它了。就算有優美詩句如謝靈運的「池塘生春草」，也應該是「冷句」呢！雪白的天空寒冷而皎潔啊！仙女許飛瓊在何處呢？我盼望在夢中尋覓她——美如梨花的仙女，共同遊歷仙島多好啊！

六一 · 齊天樂 　|　（一題作閨思）

曲屏遮斷行雲夢，西樓怕聽疏雨。研凍凝華，春寒散霧，呵筆慵題新句。長安倦旅，嘆衣染塵痕，鏡添秋縷。過盡飛鴻，錦箋誰為寄愁去。

簫臺應是怨別，曉寒梳洗懶，依舊眉嫵。酒滴壚香，花圍坐暖，閑卻珠韝鈿柱。芳心謾語，恨柳外遊韁，繫情何許？暗卜歸期，細將梅蕊數。

● 語譯

被曲折的屏風遮隔着，故斷絕了男女歡會之事——為雲為雨之夢。我在西樓上，怕聽着疏落的雨聲。墨硯冰凍了，以致水墨凝結成霜花。春天發散着寒氣，如煙霧一般！因筆凍，我噓氣使之暖融，但畢竟我卻懶去題寫新的詩句。長安的旅程使我疲倦啊！我慨歎，衣衫上染滿了灰塵的痕迹；照鏡之時，我注意到頭上已添上如秋縷一般斑白的頭髮。飛雁已經過盡了，我在錦箋上書寫的信，充滿了哀愁，此時誰人會為我寄出呢？

簫臺——即秦樓，本應是怨恨別離的地方啊！在天曉寒冷之中，她懶於梳洗了，但她依然如舊日一樣美好可愛呢！她慢慢地飲酒和享受薰爐之香，而所坐之處又溫暖和佈滿花木，因此她把朱紅色的臂套——用以彈奏琴瑟的工具和金屬的琴瑟絃柱都閑置了！她無心於琴瑟了。她在美麗的內心不經意地對自己說，她實在怨恨柳條外的遊子，此際他的情意綁繫在甚麼地方呢？她偷偷地占卜遊子的歸期，更將梅花心仔細地數着呢！

六二 · 滿庭芳 ｜ 賦湘梅

玉沁脣脂，香迷眼纈，肉紅初映仙裳。湘皋春冷，誰剪
茜雲香？疑是潘妃乍起，霞侵臉、微印宮粧。還疑是，
壽陽凝醉，無語倚含章。

絳綃清淚冷，東風寄遠，愁損紅娘。笑李凡桃俗，蝶喜
蜂忙。莫把杏花輕比、怕杏花、不敢承當。飄零處，還
隨流水，應去誤劉郎。

● 語譯

她的如玉般美的口唇沁出胭脂樣的紅色，所發散出來的香氣濃得令人眼花繚亂呢！她的肌膚透出紅色，開始映照着她的如仙般美的衣裳。湘水兩岸的春天是頗為清冷的，這個時候，誰人會將如茜雲之香的湘梅剪下來呢？我頗疑惑，她是南朝齊東昏侯蕭寶卷的妃子——潘玉兒忽然間起牀，朝霞照在她的臉上，輕微地印壓着她的宮幃打扮。又疑惑是，壽陽公主沉醉在那裏，一聲不響地倚憑在含章殿內。

她穿着深紅色的絲製衣服，但卻流着淒冷的清淚。東風將這些實況通知她遠處的情人，這令到她這個紅娘憂愁不已，更是傷害她呢！當她感覺到李花是凡夫和桃花是俗子，或蝴蝶因她而歡喜和蜜蜂為她而忙碌的時候，她惟有發笑不已！不要輕率地將杏花與她比較啊，恐怕杏花不敢承當呢！杏花是不夠資格去擔當的。落花飄零之處，照樣隨着流水而逝去，可是，由於湘梅紅似桃花，唐代詩人劉禹錫應該將她誤作桃花呢！

六三・龍吟曲　|　賦寶山園表裏畫圖

仙山非霧非煙，翠微縹渺樓臺亞、江蕪海樹，晴光雨色，天開圖畫。兩岸潮平，六橋煙霽，晚鈎簾掛。自玄暉去後，雲情雪意，丹青手，應難寫。

花底朝回多暇。倚高寒、有人瀟灑。東山杖屨，西州賓客，笑談風雅。貯月杯寬，護香屏暖，好天良夜。樂閑中日月，清時鐘鼓，結春風社。

● 語譯

這是仙山啊！並非霧，也不是煙呢！寶山園在雲煙飄渺之中，樓臺好像被雲煙低壓着，垂下來的樣子！江上長滿亂草，而樹木遍佈，茫茫如海。晴朗的光輝和下雨的景色，美如圖畫，如天然所繪畫一樣呢！兩岸的潮水已經平靜了，六橋的煙霧也沒有了，開始放晴了；晚上新月如鈎，掛在簾間。自從南朝齊詩人謝朓離去之後，雲和雪的情意，就算有繪畫好手，也應該是很難描寫出來的。

散朝歸來後，在花下徘徊，多清暇啊！倚憑着高聳和寒涼之處，人是多麼豁脫無拘呢！這個時候，真似隱居在東山的晉人謝安，拄杖散步；又與他的西州賓客——知己羊曇互相笑談風雅之事。當明月滿酒杯，溫暖屏風保護杳薰之時和天氣良好的晚上，我是多麼樂於休閑的日子啊！天氣清朗的時候，我可享受鐘鼓之聲；又可結春風詩社，與朋友吟詩賦詠。

六四·聲聲慢 ｜ 九日松澗席

橙香小院，桂冷閑庭，西風雁影涵秋。鳳撥龍槽，新聲小按《梁州》。鶯吭夜深囀巧，凝涼雲、應為歌留。慵顧曲，嘆周郎老去，鬢改花羞。

何事登臨感慨，倩金蕉洗，千古清愁。屢舞高歌，作成陶謝風流。人生最難一笑，拚尊前、醉倒方休。待醉也，帶黃花、須帶滿頭。

● 語譯

橙樹薰香了小院，而桂樹在無人的庭中卻頗為清冷。在西風
裏，鴻雁飛過，顯示此際正是秋天！人們以稱為「龍香撥」
的龍香柏製作的絃撥彈奏有「鳳槽」之稱的琵琶，輕輕地彈
奏出名為《梁州》的新曲。黃鶯的高聲歌唱，在夜深之時，
已變得精巧細致了。它將涼雲凝結着，好像要借着這個方法
將歌聲留住呢！我已懶於用心在歌曲上了。我慨歎，我這個
周郎已經年紀老了，鬢髮亦已經改變，轉白了；更使到我羞
見嬌美如花的女士呢！

登臨之時，我感慨多端，為了甚麼事情呢？我借助美稱為
「金蕉」的酒杯痛飲，這樣可洗盡千古的無以名之的哀愁！
我多次舞蹈和高聲歌唱，仿傚陶淵明和謝靈運既有才華而又
不拘禮法的氣派。人生最難得的事是一笑啊！為了達成此心
願，我不顧一切，舉杯痛飲，直到醉倒始罷休！等到我醉倒
之時，我要在頭上帶菊花，但必須帶滿頭才滿意呢！

六五・聲聲慢 ｜ 柳花詠

燕泥霑粉，魚浪吹香，芳堤十里新晴。靜惹遊絲，花邊裊裊扶春。多情最憐飄泊，記章臺、曾綰青青。堪愛處，是撲簾嬌軟，隨馬輕盈。

長是河橋三月，做一番晴雪，惱亂詩魂。帶雨沾衣，羅襟點點離痕。休綴潘郎鬢影，怕綠窗、年少人驚。卷春去，剪東風、千縷碎雲。

● 語譯

燕子含着的泥土沾染了柳花的粉末，魚兒游玩的水浪吹拂着柳花的香氣，新來的晴朗天氣鋪蓋着美好的堤岸，延展了十里那麼長！柳花靜止的時候，沾惹着浮遊的絲絮；動的時候，在花木的旁邊，春風之中，搖曳不定，如扶着春天一般。我是個多情的人，故最憐憫飄泊的遊子啊！我還記得，在長安大街章臺路的情況。那兒，我曾經綰結青青的柳條。那處最值得我愛的是，嬌美綿軟的柳花撲向簾幕，或輕盈地追隨着馬匹而飄動。

柳花長期是在每年暮春三月的時候，在河橋一帶如天晴的飛雪一般，使到我內心煩惱，擾亂我的詩魂！帶着雨點，柳花沾濕了我的衣裳，令到我的羅襟染污了，如標誌着點點離別的痕迹。柳花啊，不要點綴我這個如晉代詩人潘岳的鬢髮啊，因為恐怕綠窗前的少年人會因此而心驚呢！春天便是這樣被柳花捲走的；而柳花卻被東風所剪斷，剪成千萬縷，細碎得如天上的浮雲呢！

六六 · 水龍吟 ｜ 次陳君衡見寄韻（一題作春晚）

燕翎誰寄愁箋？天涯望極王孫草。新煙換柳，光風浮蕙，餘寒尚峭。倚杖看雲，剪燈聽雨，幾番詩酒？嘆長安倦客，江南舊恨，飛花亂，清明後。

堤上垂楊風驟，散香綿、輕霧吟袖。麴塵兩岸，紋波十里，暖蒸香透。海闊雲深，水流春遠，夢魂難勾。問鶯邊按譜，花前覓句，解相思否？

● 語譯

我可以倚靠燕子將我的書信傳遞給友人，以寄愁思嗎？望極天涯，我只見遍地芳草，卻看不見遊人歸來呢！在新煙之中，柳條變換了；在爽朗的風中，亦泛起了蕙蘭的香氣。殘餘的寒氣仍然嚴峻啊！我持着手杖欣賞雲彩，或在燈下靜聽雨聲。我多少次曾經吟詩醉酒呢！在長安，我作客太久了，感覺厭倦了，慨歎得很呢！我還想起昔日在江南的遺恨事情。那時正值落花亂飛，在清明節之後呢！

在堤岸上，急風驟然吹至，觸動了低垂的楊柳。綿軟的柳絮散發出香氣，又輕輕地沾污了我這個詩人的衣袖。春水淡黃如麴塵，伸展到兩岸；現出花紋樣的水波延展至十里那麼長，又暖氣蒸發，香薰透出來呢！海是那麼闊人，雲是那麼深邃；而水不斷流逝，春天越來越遙遠了，我的夢魂也難以留住！我嘗試問：如果我在黃鶯身邊，彈唱歌曲；或在花前，尋章覓句，會有人了解我相思之苦嗎？

六七・南樓令 ｜ 次陳君衡韻

開了木芙蓉，一年秋已空。送新愁、千里孤鴻。搖落江蘺多少恨，吟不盡，楚雲峰。

往事夕陽紅，故人江水東。翠衾寒、幾夜霜濃。夢隔屏山飛不去，隨夜鵲，繞疏桐。

● 語譯

木芙蓉開了之後，一年的秋天已經到盡頭了！我靠着可飛千里的孤雁，將我的新愁送走呢！看着掉落的江蘺草，我記得舊日發生過很多令人怨恨的事情——這些吟詠不盡的事啊！它們如埋藏在南方的雲層中的山峰那麼幽隱呢！

以往的事情如夕陽紅一般，消失得無影無蹤了。昔日的友人已離去，此刻已在江水的東邊。只剩下我孤單一人，翠綠色的衾被也變得寒冷了，何況有好幾夜霜雪下得很濃呢！由於隔着屏山，我的夢也飛不出去，只好隨着晚上的喜鵲，環繞着疏落的梧桐樹飛來飛去而已。

六八・南樓令 ｜ 次陳君衡韻

桂影滿空庭，秋更廿五聲。一聲聲、都是消凝。新雁舊
螿相應和，禁不過，冷清清。

酒與夢俱醒，病因愁做成。展紅綃、猶有餘馨。暗想芙
蓉城下路，花可可，霧冥冥。

● 語譯

桂樹的影子滿佈了無人的庭院。秋天的更敲打了二十五點，
顯示秋夜將盡；而每一點一聲都使到我的凝神為之消減呢！
雖然新來的鴻雁和舊有的蟋蟀鳴聲互相應和，但是都沖淡不
了冷清清的氣氛。

醉酒已醒了，夢也醒了。我的病是因為愁而惹起的。我展開
紅色的絲織物，它仍然帶着殘餘的香氣呢！我心中暗想，傳
說中仙人居住的芙蓉城牆下的路徑，那處的仙人 —— 如花
般美的仙人一定是很可愛的，但亦一定是隱於晦暗霧迷之中
呢！

六九·南樓令 ｜ 又次君衡韻

攲枕聽西風，蛩階月正中。弄秋聲、金井孤桐。閑省十年吳下路，船幾度，繫江楓。

輦路又迎逢，秋如歸興濃。嘆淹留、還見新冬。湖外霜林秋似錦，一片片，認題紅。

● 語譯

我倚着傾斜的枕頭，聽着西風吹拂。月亮正在空中高照之時，石階下的蟋蟀發出叫聲。欄邊有美麗雕飾的井旁的一枝孤單的梧桐樹，沙沙作響，好像要賣弄它的秋聲！我悠閑地審視過去十年，在吳江路發生過的事情：那時，我乘坐過的船隻，曾經有多少次綁繫在江邊的楓樹呢？

我們在車馬行走的道路上又相遇了！此際的秋意，好像我的歸家興致那麼濃重呢！可嘆的是，我仍淹流在外，更可能要見到新冬的來臨。在秋天裏，湖外的寒林美如錦繡啊！可惜它掉落不少紅葉。且讓我逐片逐片地在紅葉上，辨認友人的題詩吧！

七十・糖多令 ｜ （一題作閨怨）

絲雨織鶯梭，浮錢點細荷。燕風輕、庭宇正清和。苔面唾茸堆繡徑，春去也，奈春何！

宮柳老青蛾，題紅隔翠波。扇鸞孤、塵暗合歡羅。門外綠陰深似海，應未比，舊愁多。

● 語譯

黃鶯在細雨中往來穿插，點點的細小荷葉，形如金錢，浮現
於水面上，燕子在輕風中飛舞。此時的庭宇正處於初夏四月
之時，稱為「清和月」的一段時間呢！在山徑上堆積着如唾
出紅絨的落花，鋪在苔蘚上，使到小徑也變得如錦繡般美麗
呢！春天已離去了，但又可奈何呢？

宮中的柳條已長得頗為長了，一如宮女蛾眉漸老的樣子。有
題詩的紅葉亦已遠去了，被翠綠色的水波阻隔着。紈扇中的
鸞鳥形單影隻，而合歡的羅被又為塵埃所掩蓋着，顏色也變
得暗淡了。門外綠色的樹影陰暗，幽深得如大海一般，但仍
未比得上我的舊愁那麼多呢！

七一・南樓令 │ 戲次趙元父韻

好夢不分明，楚雲千萬層。帶圍寬、愁損蘭成。玉杵玄
霜纔咫尺，青羽信，便沉沉。

《水調》夜樓清，清宵誰共聽？砑箋紅、空賦傾城。幾度
欲吟吟不就，可煞是，沒心情。

● 語譯

好夢從來都是恍恍惚惚的，不清晰的，好似千萬層的楚雲一般，看不透的。我的腰帶漸漸寬鬆了，人如北朝北周的著名文學家庾信因哀愁而瘦損一般。能夠取得玉杵臼藥鍊成玄霜這種丹藥而可與之成親的女子本來相去很近，不過咫尺之遠，但，縱使青鳥勉力為我傳達書信，到頭來只是如石沉大海呢！

夜間，在樓上聽《水調曲》，很清楚啊，可是整夜有誰與我一齊傾聽呢？我有紅色的砑箋紙，可為美得傾城傾國的美人賦詠，卻是無法寄給她，這樣，我的賦詠不是白費嗎？好幾次我想為她吟詩，但是終不能成功。為甚麼呢？可恨的是，因為找沒有心情啊！

七二・江城子 ｜ 賦玉盤盂芍藥寄意（一題作閨思）

玉肌多病怯殘春。瘦棱棱，睡騰騰。清楚衣裳，不受一塵侵。香冷翠屏春意靚，明月淡，曉風輕。

樓中燕子夢中雲。似多情，似無情。酒醒歌闌，誰為喚真真？盡日瑣窗人不到，鶯意懶，蝶愁深。

● 語譯

玉盤盂芍藥花，肌如美玉，可惜身體多病，遇到殘春來臨，膽子也怯了！她消瘦得很呢！故終日睡意朦朧。她穿着的衣裳，清潔鮮明，沒有受到一點塵埃侵染。那裏充滿着幽冷的香氣，有翠綠色屏風的佈置，春意多美啊！何況更有淡淡的明月和輕輕的曉風呢！

此時的情況，真似樓中的燕子，飛騰不定；又似夢中的浮雲，飄飄忽忽。她似乎多情，又似乎無情，真難以觸摸啊！酒醒了，歌曲唱完之後，誰為我呼喚「真真」這個仙女的名字呢？我眼中的真真就是玉盤盂芍藥花啊！她整日躲在小窗後面，是沒有人來看她的，連黃鶯也沒有看她的意念，蝴蝶更因愁深而無閑去親近她了！

七三・杏花天 ｜ 賦莫愁

瑞雲盤翠侵粧額，眉柳嫩、不禁愁積。返魂誰染東風筆，寫出郢中春色。

人去後、垂楊自碧，歌舞夢、欲尋無迹。愁隨兩槳江南北，日暮石城風急。

● 語譯

她的高高的雲髻盤結在她青翠的秀髮上，壓住她的額頭。她的如柳葉一般的眼眉很幼嫩，可是仍禁不住堆積着哀愁呢！她的魂魄歸來了，但是誰人的筆墨能被東風所染，描寫出她這個湖北江陵美人的樣貌呢？

她離去之後，低垂的楊柳只孤獨地鬱蒼蒼而已。往日的歌唱和舞蹈，此際已如夢境一般。就算去尋覓它們，亦無迹可尋了！我的哀愁，隨着船槳的搖動，往來南北。日暮之時，石城（湖北石城）的風吹得頗急啊！

七四・杏花天　｜　賦昭君

漢宮乍出慵梳掠，關月冷、玉沙飛幕。龍香撥重春蔥
弱，一曲哀絃謾託。

君恩厚、空憐命薄，青冢遠、幾番花落！丹青自是難描
摸，不是當時畫錯。

● 語譯

她忽然間要離開漢宮，哀怨傷心至極，所以連梳粧也慵懶了！關山月冷，如玉屑般的沙粒飛上她的帳幕。她手拿的龍香撥——那用來彈奏琵琶的工具，是頗重的，但她的手指卻如春葱般柔嫩呢！她彈奏出一首哀傷的曲調，不經意地寄託她的心聲。

對她來說，君恩算是隆厚的，可是只憐愛她命薄，又有何用呢？她去世之後，她的青冢在塞外，離開故鄉很遠，不知道那處曾經多少次花開花落了！她的容貌是特別出眾的，丹青亦難以描繪的，故此，她的悽慘遭遇並不是由於當時畫師毛延壽錯畫她的容貌啊！

七五 · 浣溪沙

幾點紅香入玉壺，幾枝紅影上金鋪。晝長人困鬥樗蒱。

花徑日遲蜂課蜜，杏梁風軟燕調雛。荼蘼開了有春無？

● 語譯

多少片紅色的落花飄落在如玉一般的酒杯？多少枝紅色的影子映在門上獸面形銅製的環鈕？白晝很長啊！人也困倦了！故人們戲擲樗蒲這種博具以作消遣。

蜜蜂在花徑裏忙於採花粉釀蜜，直至日暮；燕子於風軟之時，在杏木製造的樑柱上調理雛燕。花開到荼蘼之時，春天已經盡頭了！

七六・浣溪沙

波影搖花碎錦鋪，竹風清泛玉扶疏。畫屏紋枕小紗廚。

合色麝囊分翠繡，夾羅螢扇縷金書。十分涼意淡粧梳。

● 語譯

花倒映在水波上，搖盪不定，令到水波如被破碎的錦繡鋪蓋
着一般。清風吹過翠玉色的茂密竹叢。在小小的被紗帳圍住
的臥房中，佈置着有繪畫的屏風和有花紋的枕頭。

香囊用翠綠色的絲繡成，是頗為適宜的。用以捕捉螢火蟲的
雙重羅綺製造的紈扇卻用金縷繡上文字。這個時候涼意極濃
啊！故此，她對梳粧也頗為冷淡了！

七七・浣溪沙

淺色初裁試暖衣，畫簾斜日看花飛。柳搖蛾綠妒春眉。

象局懶拈雙陸子，寶絃愁按十三徽。試憑新燕問歸期。

● 語譯

淺色的暖衣剛剛剪裁好，她便嘗試穿着了。日落之時，她透過畫簾，欣賞落花飛舞。柳條搖盪着它們如蛾眉的綠葉，似乎是妒忌女士如春色一般美麗的眼眉呢！

她們這些女士，縱然對着棋盤，也懶下雙陸的棋子。就算有名貴的絃琴在面前，也只能滿懷愁緒地按一下十三絃的繫繩而已！她們憑着新燕的來臨，試詢問她們心中的愛人甚麼時候才會歸來呢！

七八．桃源憶故人 ｜ （一題作閨情）

流蘇靜掩羅屏小，春夢苦無分曉。一縷舊情誰表？暗逐餘香裊。

相思謾寄流紅杳，人瘦花枝多少？郎馬未歸春老，空怨王孫草。

● 語譯

流蘇帳靜靜地掩蔽着細小的羅綺屏風。她的春夢恍惚朦朧，全不明朗，這令到她的內心頗為苦悶呢！一絲絲的舊情可向誰人表白呢？此際只有細長柔軟的餘香暗暗地纏繞着她而已！

她那相思之情，只好漫不經意地寄託給被水飄流得遠到看不見的落花！人和花兩者比較，人比花瘦多少呢？情郎還未騎馬歸來之前，春天已經老去了。這個時候，怨恨眼前只一片青草而見不到所思之遠人，又有甚麼用呢？

七九・西江月 ｜ （一題作春情）

波影暖浮玉甃，柳陰深鎖金鋪。湘桃花褪燕調雛，又是一番春暮。

碧柱情深鳳怨，雲屏夢淺鶯呼。繡窗人倦冷薰鑪，簾影搖花亭午。

● 語譯

波影在溫暖的玉池上面浮動。柳樹的陰影深深地鎖住門上獸面形銅製的環鈕。湘桃的花朵已經凋謝了，燕子只顧着調理雛燕。這又是一番暮春的景象啊！

鳳帶着怨恨啊，故在琴瑟上彈奏出很深的情致。在雲母屏風之內，她只做了一個短夢，因為不期然地被黃鶯喚醒！錦繡花窗之下，人疲倦了，噴出薰香之火爐也變得冰冷了。正午之時，只有花的影子在簾幕上搖動而已。

八十・菩薩蠻

霜風漸入龍香被，夜寒微澀宮壺水。滴滴是秋聲，聲聲滴到明。

夢魂隨雁去，飛到顰眉處。雁已過西樓，又還和夢愁。

● 語譯

霜冷的風漸漸侵入用龍涎香薰的被窩。夜寒之時，內宮的銅
壺滴漏之水也流得有點不暢順了！滴滴的水聲都是愁苦之聲
啊！而每一聲都滴到天亮呢！

夢中的魂魄隨着鴻雁飛走，飛到那皺着眉頭的女子所在地。
鴻雁已飛過西樓了，結果是，我又一次帶着哀愁進入夢鄉而
已！

八一 · 鷓鴣天 ｜ 清明

燕子時時度翠簾，柳寒猶未褪香綿。落花門巷家家雨，
新火樓臺處處煙。

情默默，恨懨懨，東風吹動畫鞦韆。拆桐開盡鶯聲老，
無奈春何只醉眠。

● 語譯

燕子時時飛渡翠綠色的簾幕。柳條在寒涼的天氣中仍未卸下它們的香絮。下雨的時候，花掉落在家家的門巷中；清明時節，樓臺生新火之時，處處都冒出火煙！

這時，人們的情緒是無聲無響的；可是，他們的怨恨卻使到他們精神疲乏呢！東風把美麗的鞦韆吹動。拆桐開盡的時候，鶯聲也不響亮了。我對着老去的春天，可奈何呢？只好飲酒至醉和睡眠而已。

八二·夜行船 ｜ （一題作秋思）

蚕老無聲深夜靜，新霜粲、一簾燈影。妒夢鴻高，烘愁月淺，縈亂恨絲難整。

笙字嬌娥誰為靚，香襟冷、怕看粧印。繡閣藏春，海棠偷暖，還似去年風景。

● 語譯

蟋蟀已衰老了，不能再發出叫聲了，故深夜之時很寂靜呢！新降的霜雪很鮮明光輝啊，像燈光一樣映照着簾幕。鴻雁妒忌人們因見到它們而做夢，故飛得很高；月亮可以烘托人們的哀愁，故它只淡淡地出現而已。被怨恨的絲緒紛亂地纏繞着，是難於整理的。

吹笙的嬌美女子，為誰將自己打扮得如此美豔呢？散發出香氣的衣裳此時已經被冷落了，但她更怕看見自己臉上的粧扮。春光藏在華美的樓閣內，而海棠花卻偷偷地去爭取溫暖。這些景象仍然似去年一樣呢！

八三·夜行船

寒菊攲風棲小蝶，簾櫳靜、半規涼月。夢不分明，恨無
憑據，腸斷錦箋盈篋。

哀角吹霜寒正怯，倚瑤箏、暗愁誰說。寶獸頻添，玉蟲
時剪，長記舊家時節。

● 語譯

在斜風之中的寒菊上，棲宿着小蝴蝶。窗低垂着簾幕，覺得特別幽靜，何況更襯着半輪冷月呢！夢境朦朧，不清楚它的內容；而心中的怨恨亦無實據，究竟為何而生恨呢？在美好的信箋上我寫下傷心的字句，可是始終沒有寄出，以致載滿了一箱子！

哀怨的號角吹出了如霜冷的聲音，寒氣逼人，這正是使到我膽怯的時候。我倚憑着美如瑤玉的箏瑟，向誰訴說我的不為人知的哀愁呢？我不斷地向珍貴的獸形薰爐加添香料，又不時剪去如玉蟲般的燈花，更長期記住舊日家中過時節的情況。

八四・點絳脣

雪霽寒輕，興來載酒移吟艇。玉田千頃，橋外詩情迥。

重到孤山，往事和愁醒。東風緊。水邊疏影，誰念梅花冷？

● 語譯

降雪停止了，天放晴了，只剩餘輕輕的寒氣。興來之時，我攜着酒，吟着詩，撐移我的小艇。眼前是一大片無際的田野，因被白色的霜雪所蓋，故看來像白玉造的田野一般！此時我的詩情已飛到橋外那麼遠了！

我重到滿種梅花的孤山。在那裏，往日發生過的事情和現在的哀愁都通通醒過來了！東風吹得悽緊啊！水邊點綴着疏落的梅花影，此時誰會想到梅花正處在淒冷的環境中呢？

八五・戀繡衾 ｜ 賦蝶

粉黃衣薄霑麝塵，作南華、春夢乍醒。活計一生花裏，
恨曉房、香露正深。

芳蹊有恨時時見，趁遊絲、高下弄晴。生怕被春歸了，
趲飛紅、穿度柳陰。

● 語譯

它的粉黃色的衣服——翅膀是單薄的，且沾滿了麝塵般的花粉。它化作莊周，從春夢中驟然醒過來了。它的一生就是活動在花叢中。它怨恨，春曉時的花苞正深深地沾染了香露呢！

在花徑上，心裏有怨恨的時候，便可以常常看到它。天晴時，它趁着遊絲高下飄動之際，隨着它們賣弄自己的丰姿。它最怕的是，春天歸去的時候，它亦要隨着春天而逝呢！所以，它趕着趁花飛落的時候，即春天還未完全過去之時，它盡量穿過柳條的陰暗處，作樂不已。

八六・謁金門

花不定，燕尾剪開紅影。幾點露香蜂趕趁，日遲簾幕靜。

試把翠蛾輕暈，愁滿寶臺鸞鏡。屈指一春將次盡，歸期猶未穩。

● 語譯

花枝搖動不定啊！燕子的尾巴展開時，狀如剪刀，故當它飛過花叢的時候，很似將花朵剪開一般。當花朵上還沾染着少許露水，發出香氣之際，彩蝶便趕着時間，趁着機會，去汲取它們，因為它恐怕日暮之時連簾幕也會變得寂靜呢！

她試圖把黛眉四周輕輕地塗上顏色，然後對着珍貴鏡臺上的飾有鸞紋的銅鏡自照之時，竟然發覺自己滿臉愁緒！她屈指計算，一年的春天，將順着天氣變化的次序，要完盡了，可是她心中的人兒尚未有確定的歸期呢！

八七・好事近 ｜ （一題作佳人）

秋水浸芙蓉，清曉綺窗臨鏡。柳弱不勝愁重，染蘭膏微
沁。

下階笑折紫玫瑰，蜂蝶撲雲鬢。回首見郎羞走，冐繡裙
微褪。

● 語譯

清曉之時，她在綺窗之前，臨鏡自照，看見自己美如蓮花，浸在秋水之中！她的身軀瘦弱如柳條，抵受不了那麼厚重的哀愁。她的臉部塗上蘭膏脂粉，微微地沁透出來。

她走下臺階，帶着笑容，折取紫玫瑰。正當這個時候，蜜蜂和蝴蝶便撲向她的如雲樣的鬢髮了。回首之際，她見到她的情郎，害羞得很，調頭便走開了。她斜望自己的繡裙，竟發覺有些不整齊呢！

八八 · 英臺近　｜　（一作祝英臺近）

燭搖花，香裊穗，獨自奈春冷。過了收燈，纔始作花信。無端雨外餘酲，鶯邊殘夢，又還動、惜芳心性。

忍重省。幾多綠意紅情，吟箋倩誰整？香減春衫，老卻舊荀令。小樓深閉東風，曲屏斜倚，知他是、為誰成病？

● 語譯

燭光照着搖動的花枝，香氣細長而柔軟，從燈花散發出來。春天頗冷峭啊！但我孤單一人，又可奈春何呢？元夕燈節結束之後，花信風才正式開始。無緣無故，我在雨外殘醉，又在鶯邊夢醒。這一切都挑動了我愛惜春花的心情和本性呢！

我忍受着再一次回顧過往帶來的痛苦。綠意紅情之事——憐惜花草春光之事很多了，我曾為這些事情寫過不少詩篇，但而今可請誰人為我整理它們呢？我如昔日漢代的荀令君——荀彧一般，現今已老邁了，春衫的香氣亦已減退了。在東風裏，我深深地躲藏在小樓之內，斜斜地憑倚着曲折的屏風，很無可奈何啊！他人又怎知道我實際上為誰而生病呢？

八九 · 浣溪沙 ｜ （一題作春憶）

不下珠簾怕燕瞋，旋移芳檻引流鶯。春光卻早又中分。

杏火無煙然綠暗，梨雲如雪冷清明。冶遊天氣冶遊心。

● 語譯

我不把珠簾垂下來，只因為怕燕子不高興。不多時，又將種花的欄板稍為遷移，目的在吸引飛動的黃鶯。縱然如此，春光卻早已過了一半！

杏花紅似火，好像在暗綠色的葉叢中燃燒，只是沒有煙而已。形狀如雲朵的梨花，潔白如雪，在清明時節中顯得頗為清冷。浪漫的天氣正適宜浪漫的心情呢！

九十 · 浣溪沙

絲雨籠煙織晚晴，睡餘春酒未全醒。翠鈿輕脫隱香痕。

生怕柳綿縈舞蝶，戲拋梅彈打啼鶯。最難消遣是殘春。

● 語譯

絲絲細雨，不斷如織地降下來，如煙霧一般籠罩着晚晴。她喝醉春酒醒來之後，覺得實際上並未完全醒過來啊！翡翠造的首飾輕輕地脫下來，但還隱約地留下痕迹，且帶着香氣。

她內心很怕如錦的柳絮纏繞着飛舞的蝴蝶，又嬉戲地投擲梅子打正在啼叫的黃鶯。最難消磨遣散的是殘春這段時間了！

九一 · 浪淘沙 ｜ （一題作春晚）

芳草碧茸茸，染恨無窮。一春心事雨聲中。窄索宮羅寒尚峭，閑倚薰籠。

猶記粉闌東，同醉香叢。金案何處驟驊騮？梟梟綠窗殘夢斷，紅杏東風。

● 語譯

芳草初生，遍地都是碧綠色啊！它所沾染的怨恨無窮無盡呢！她的如春天般的心事都寄託在雨聲之中了。她所穿的宮裝——狹窄的羅裙，給人的感覺仍然寒峭呢！此刻她悠閑地倚着薰爐。

她還記得，在染滿脂粉闌干的東邊發生過的舊事。那時，她與情郎在花香叢中一同喝酒至醉。可是，現今他策騎的毛色青白相間的駿馬——那帶着名貴馬鞍的駿馬卻在何處奔跑呢？當她通過綠紗窗看見紅色的杏花在東風飛舞之時，她的殘夢已經斷絕了，消逝得如輕煙一般，細長而柔軟呢！

九二 · 浪淘沙

柳色淡如秋，蝶懶鶯羞。十分春事九分休。開盡棟花寒尚在，怕上簾鈎。

京洛少年遊，誰念淹留？東風吹雨過西樓。殘夢宿醒相合就，一段新愁。

● 語譯

柳條的色澤雅淡如秋天。此時，蝴蝶頗為慵懶，黃鶯亦不肯
現身，如害羞一般。如果春事可分作十分的話，九分已經停
止了。雖然二十四番花信風中，楝花開得最後，但而今楝花
已開到盡頭了！然而，寒氣仍在，故此我駭怕將簾幕掛上簾
鈎呢！

京都是少年遊玩的地方啊！但誰會想到他逗留得頗久呢？京
都下着春雨，被東風吹過西樓去。我的夢雖已殘斷醒來，但
宿酒卻未完全醒呢！半醒半醉兩者，互相結合起來，便造成
一段難以消磨的新愁了。

九三 · 浪淘沙

新雨洗晴空，碧淺眉峰。翠樓西畔畫橋東。柳綫嫩黃纔半染，眼眼東風。

繡戶掩芙蓉，帳減香筒。遠煙輕靄弄春容。雁雁又歸鶯未到，誰寄愁紅？

● 語譯

天空被新來的雨水洗過後，晴朗了！雨後的山巒，呈現淺淺
的碧綠色，如女子畫眉一般。翠樓西畔，畫橋東邊，種着柳
樹。柳綫還很嫩，一半才剛剛染上黃色，而如柳眼般的新葉
已在東風中飛揚了！

華麗的門戶掩閉着如芙蓉般美的臉龐。在深帳裏，放置沉香
的香筒中的香氣已漸漸消減。遠處的煙霧和輕淡的雲靄正賣
弄它們在春天的儀容呢！鴻雁一隻又一隻地歸來了，只是黃
鶯仍未來到呢！那麼，誰可為我將如落花般的書信寄出呢？

九四·鷓鴣天

相傍清明晴便慳，閉門空自惜花殘。海棠半坼難禁雨，
燕子初歸不耐寒。

金鴨冷，錦鴛閑。銀釭空照小屏山。翠羅袖薄東風峭，
獨倚西樓第幾闌？

● 語譯

靠近清明時節的時候，晴朗的天氣便很少出現了。她掩閉着門戶，只不過獨自珍惜殘花而已。海棠花已經綻放一半了，但仍禁不住下雨呢！燕子剛剛歸來，自然還未能抵受寒涼的天氣。

金屬製成的鴨狀熏爐，仍然是寒冷的。衣服上刺繡的鵁鳥圖案又頗為清閑，因為無人欣賞。銀燈映照着細小屏風上的山巒，但只是白費而已！她穿着青翠色的薄薄羅衣，可是東風卻頗冷峭啊！孤獨地她倚憑着西樓的闌干，但是到了此時，她所倚的是第幾闌呢？

九五·風入松 ｜ 為謝省齋賦林壑清趣

枇杷花老洞雲深，流水泠泠。藍田誰種玲瓏玉？土華寒、暈碧雲根。佳興秋英春草，好音夜鶴朝禽。

閑聽天籟靜看雲，心境俱清。好風不負幽人意，送良宵、一枕松聲。四友江湖泉石，二并鐘鼎山林。

● 語譯

枇杷花已經蒼老了，山洞的雲靄又變得幽深。流水清涼，更發出清越的聲音。在陝西的藍田縣，誰人種出這麼細緻精巧的玉石呢？這裏的蒼苔是寒冷的，它們將山石的周邊都染上淡淡的碧綠色。秋天的花和春天的草給我們帶來不少佳興，晚間的鶴鳴和白晝的鳥啼又為我們提供美好的音樂。

悠閑的時候，我們聆聽自然的聲響；寂靜之時，卻觀看天空中的雲彩。心情和環境俱是清靜的。好風不會辜負幽居之人的意趣，故在良夜之時，他們睡覺之際，為他們送上松濤之聲。此間，我們有四位朋友：江、湖、泉、石；又有二兼：鐘鼎（即為官之士）和山林（即巖穴之士）。

九六·鳳棲梧 ｜ 賦生香亭

竹窈花深連別墅。曲曲迴廊，小小閑庭宇。忽地香來無覓處，杖藜閑趁遊蜂去。

老桂懸秋森玉樹。澗底孤芳，苒苒吹詩句。一掬幽情知幾許，鈎簾半畝藤花雨。

● 語譯

竹叢曲遠，花木幽深，卻連接着別墅。迴廊曲曲折折；庭宇小小，頗為閑靜。忽然間一陣香氣吹至，但是來自何處，卻無法尋覓了！握着藜杖，我們輕鬆地隨着戲遊的蜜蜂而行走呢！

蒼老的桂樹，懸掛在秋天中，好像在森林裏的玉樹一般。在山澗下的孤花旁邊，我們輕柔地吹奏詩句。可用兩手捧住的不可告人的情意，究竟有多少呢？我將簾幕掛起，只見到有半畝那麼廣闊的藤花紛落如雨而已。

九七·少年遊　｜　賦涇雲軒

松風蘭露滴崖陰，瑤草入簾青。玉鳳驚飛，翠蛟時舞，噴薄濺春雲。

冰壺不受人間暑，幽碧哢珍禽。花外琴臺，竹邊棋墅，處處是閑情。

● 語譯

在松風之中，崖陰之內，幽蘭上的露水滴下來了！如美玉般的青草映入我的眼簾。樹葉如玉鳳般在風中翻飛，綠竹如蛟龍般不定地舞動。水花四濺，噴薄而出，美如春雲！

冰凍的酒壺是不受人間的暑氣影響的，在幽暗碧綠色的樹叢裏，珍貴的禽鳥正在啼叫啊！花叢外的琴臺——如蘇州靈岩的西施琴臺，竹叢邊的棋墅——如東晉會稽謝安的賭棋處，這些都是寄託閑情的地方啊！

九八 · 西江月 ｜ 酴醾閣春賦

花氣半侵雲閣，柳陰近隔春城。畫闌明月按瑤箏，醉倚滿身芳影。

翠格素虯晴雪，錦籠紫鳳香雲。東風吹玉滿閑庭，二十四簾春靚。

● 語譯

一半的花氣侵進高插入雲的樓閣，附近的柳陰阻隔住充滿春
色的城市。在明月之中，畫闌旁邊，我按奏玉飾之箏。這時
我喝醉了，倚在花旁，引致滿身都是花影！

在翠綠色的花架上，開滿荼蘼花，白似晴天的雪；在精美的
竹籠內，載着紫色的鳳尾竹，沁出絲絲香氣，飄渺得像浮雲
一般。東風將美如白玉的荼蘼花吹落了，佈滿了整個清靜的
院子，使到所有簾幕都帶着春色，這是多麼美妙啊！

九九 · 清平樂 ｜ 橫玉亭秋倚

詩情畫意，只在闌干外。雨露天低生爽氣，一片吳山越水。

宮煙醉柳春晴，海風洗月秋明。喚取九霞飛佩，夜涼跨鶴吹笙。

● 語譯

擁有詩的情調和畫的意境的，只有在闌干之外可以找到。由於天雨和露水的關係，天空好像被壓低了，且生出了清爽之氣。眼前展現了一片秀麗的吳地的山巒和越地的江水。

春天晴朗之時，宮中沁出香煙，令到柳樹也為之陶醉；海風吹動，將遮住月亮的雲霧吹走了，如將月亮洗淨一般，一派明朗的秋天即時出現！我呼喚，希望取得了九天的雲霞作為佩巾，令我飛行天空；又在夜涼之時，我可以如仙人王子喬一般乘着黃鶴，滿天漫遊，吹笙作樂。

一○○・朝中措　｜　東山棋墅

桐陰薇影小闌干，晝永璅窗閒。當日清譚賭墅，風流猶記東山。

犀奩象局，驚回槐夢，飛雹生寒。自有仙機活着，未應袖手旁觀。

● 語譯

桐花和薔薇花的陰影映照在小小的闌干上。晝日頗長啊！細
小的窗戶亦頗為閑靜呢！我仍然記得，當日晉代的謝安高臥
東山與親友在山墅圍棋，談笑破敵的風流韻事。

當時，謝安只對着犀牛角飾造的棋匣和棋盤，就使到南寇的
符堅草木皆兵，驚醒了南侵之夢，如唐代李公佐《南柯太守
記》中所記淳于棼夢遊大槐安國，任南柯太守的經歷一般。那
個時候的符堅，即使見到飛舞的霜霜，也生出寒意呢！時局
雖然很嚴峻危險，但只要有機智靈敏的人在世，他自然不會
袖手旁觀，定會出來安定社稷挽救蒼生的。

一〇一 · 聞鵲喜 ｜ 吳山觀濤

天水碧，染就一江秋色。鼇戴雪山龍起蟄，快風吹海立。

數點煙鬟青滴，一杼霞綃紅濕。白鳥明邊帆影直，隔江聞夜笛。

● 語譯

天和水，遍是碧綠色啊！它們沾染了整道江水，成就了可愛的秋色。洶湧的怒濤，鉅大而雪白，好像鼇魚駝戴雪山而來；潮水掀天吼地，又好像臥龍奮起而至。鉅風將海水吹起，使到海水矗天而立！

在煙霧中，看見青山點點，如女士的鬢髻，青翠欲滴。又看見江上的紅霞，如織布機沾濕了的一匹紅綃。那裏更有白鳥、明麗的天邊和直立的帆影。更可愛的是，在晚上我可以聽到隔江傳出來的笛聲呢！

一〇二·浣溪沙 ｜ 題紫清道院

竹色苔香小院深，蒲團茶鼎掩山扃。松風吹淨世間塵。

靜養金芽文武火，時調玉軫短長清。石牀閑臥看秋雲。

（原注：長清、短清皆琴曲名。）

● 語譯

那裏有青翠的竹色，有苔蘚的香氣，更有深深的小院。又有用蒲草編織成的圓墊，有煮茶之鍋和山房門戶。最與眾不同的是，那裏的松風可以將世間的塵埃都吹淨呢！

那裏用慢火和盛火靜靜地煉養黃芽——即煉丹用之鉛華；又不定地調弄玉飾的琴瑟，彈奏稱為《長清》和《短清》的琴曲。那裏更有石牀，可以供給人們閑臥和觀看天上的秋雲。

一〇三·吳山青 │ 賦無心處茅亭

山青青，水泠泠。養得風煙數畝成，乾坤一草亭。

雲無心，竹無心。我亦無心似竹雲，歲寒同此盟。

● 語譯

山色青翠，水聲清越。它們養就了數畝風和煙呢！在天壤之間，人造的就只有一個小小的草亭而已！

雲沒有心肝，竹亦沒有心肝。我似竹和雲一般，亦沒有心肝啊！在冬天歲寒之時，我與它們結為盟友呢！

一〇四・英臺近 | 賦攬秀園

步玲瓏，尋窈窕，瑤草四時碧。小小蓬萊，花氣透簾隙。幾回翠水荷初，蒼崖梅小，綺寮掩、玉壺春色。

柳屏窄，芳檻日日東風，幾醉幾吟筆。曲折花房，鶯燕似相識。最憐燈影纔收，歌塵初靜，畫樓外、一聲秋笛。

● 語譯

我在皎潔的月光下漫步，找尋幽深的山水。那裏的芳草一片碧綠，它們四季都是如此的。這個花園真像一個小小的蓬萊仙島，花的香氣透過簾幕的罅隙侵進來！曾經多少次，初生的荷花出現在翠綠色的水面上，細小的梅花生長在蒼崖之中和小窗的綺羅帳遮蓋着玉壺園的春色呢？

柳樹一排一排地種着，如屏風一般，但是頗為狹窄的。美麗的闌干，日日都在東風吹拂之中。在如此環境裏，我曾經不少次醉倒和詠詩。在曲折花房內出現的黃鶯和燕子，似曾相識啊！最可愛的是，燈影剛剛消失和歌唱的嘈吵聲初靜之後，畫樓之外，傳來一陣充滿秋意的笛聲啊！

一〇五 · 長相思

燈輝輝，月微微。帳暖香深春漏遲，夢回聞子規。

欲成詩，未成詩。生怕春歸春又歸，花飛花未飛。

● 語譯

燈光燦爛，但月色微弱。帳幕之內是溫暖的，香氣是深濃的，而春夜的更漏總是過得很慢的。夢醒之時，只聽聞杜鵑鳥的啼聲！

我想寫詩，可是終未成詩。最怕的是春天歸去，但它偏偏歸去！花應該是飄走的，但是又偏偏還未飄走！

吹梅聲喧，簾卷初絃月。一寸春霏消蕙雪，愁染垂楊帶
結。

畫橋平接金沙，軟紅淺隔兒家。燕子未歸門掩，晚粧空
對菱花。

● 語譯

簫笛吹出了《梅花落》這支古曲，聲音頗為哽咽啊！當我捲
起簾幕，我看見初昇的半月。只降了少許春雨，便將蕙蘭一
般美好的春雪消融了。我的愁緒染滿了正在交加成結的低垂
楊枝呢！

畫橋很平坦，它連接着金沙這個地方。柔軟的花叢將可人兒
的住所稍為阻隔了！燕子還未歸來，門戶已經關掩。整理晚
粧之時，她只徒然對着背面刻有菱花圖案的鏡子而已。

一○七‧清平樂 ｜ 再次前韻

晚鶯嬌噎，庭戶溶溶月。一樹緗桃飛茜雪，紅豆相思漸
結。

看看芳草平沙，遊韉猶未歸家。自是簫郎飄蕩，錯教人
恨楊花。

● 語譯

晚間的黃鶯，叫聲雖然嬌美，可惜頗為哽咽！院子和門戶遍
是廣佈的月色。一樹的湘桃花，這個時候，都如茜草一般飛
走了，凋落了。惹起人相思之情的紅豆，亦漸漸結成果實
了。

看看眼前的芳草和平沙啊，騎着馬匹到處遊歷的遊子仍然未
歸家呢！這自然是由於這個蕭郎（春秋時秦穆公之女弄玉之
情人蕭史）──情郎愛好飄流浪蕩，而我們卻錯誤地使到人
家怨恨楊花妖媚而留住他呢！

一〇八‧清平樂 ｜ （一題作夏景）

小橋縈綠，密翠藏吟屋。千頃風煙森萬玉，依約輞川韋曲。

臨流照影何人？悠然倚杖看雲。柳色翠迷山色，泉聲清和蟬聲。

● 語譯

小橋被蒼綠色的草木縈繞着，茂密的翠叢卻深藏着書齋。千萬杆綠竹在風煙裏森然搖動着。我們彷彿看見唐代詩人兼畫師王維的別墅輞川和當時韋氏世世族居的名勝韋曲呢！

跑到流水自照其影的是甚麼人呢？他正悠閑地倚憑着手杖看天空中的浮雲啊！楊柳的顏色被翠綠色的山色迷住了，清冷的泉聲又與蟬的叫聲互相唱和呢！

一○九 · 清平樂 ｜ 《杜陵春遊圖》

錦城春曉，苑陌芳菲早。可是杜陵人未老，日日酒迷花惱。

歸鞍困倚芳醒，醒來還有新吟。人與杏花俱醉，春風一路聞鶯。

● 語譯

春天破曉了，它來到錦城（即現時四川成都）了！美好的花草早就長滿了花園的小徑。可是，自稱「杜陵野老」的詩人杜甫還未老邁。他仍然是天天沉迷於飲酒和為花而煩惱呢！

他春遊歸來後便醉酒；困倦了，就倚着馬鞍睡眠。酒醒之後，他繼續有新寫的詩篇出現。他與杏花都同時醉倒了。他走在春風裏，一路聽着黃鶯歌唱！

一一〇・清平樂 ｜ 《三白圖》

靜香真色，花與人爭白。屬玉雙飛煙月夕，點破一奩秋碧。

翠羅袖薄天寒，笛聲何處《關山》？手撚一枝春色，東風怨入江南。

● 語譯

清靜的香氣和真正的顏色啊！花與人互不相讓地鬥白呢！一對屬玉鳥在煙靄迷茫的夕陽下飛翔。它們把碧綠如鏡的秋水點破了！

她穿着翠綠色的羅衣，頗為單薄；但是，天氣是寒冷的。這時傳來一陣笛聲。然而，它是從那處而來的呢？她把玩着一枝可標誌着春色的梅花，這時東風卻將她心中的怨恨吹入了江南！

一一一 · 謁金門 ｜ 次西麓韻

芳事晚，數點杏鈿香淺。惻惻輕寒風剪剪，錦屏春夢遠。

稚柳拖煙嬌軟，花影暗藏深院。初試輕衫並畫扇，牡丹紅未展。

● 語譯

花開之事來得頗為晚啊！美如鈿飾的杏花只有數點，而且香氣是頗為淺淡的。輕輕的寒氣是淒愴的，而風卻尖可刺肉！躲在華麗的屏風後，她的春夢卻去到很遠的地方。

幼嫩的柳條，嬌美柔軟地在煙風中搖盪。花的影子，卻暗暗地隱藏在深邃的院子裏。這是她第一次試穿輕便的衣裳和搖動畫扇。紅色的牡丹花這個時候還未綻放呢！

一一二·眼兒媚 ｜ （一題作閨情）

飛絲半濕惹歸雲，愁裏又聞鶯。淡月鞦韆，落花庭院，
幾度黃昏。

十年一夢揚州路，空有少年心。不分不曉，懨懨默默，
一段傷春。

● 語譯

細雨如飛絲一般飄下來了！彷彿它們將雲朵弄到半濕，並惹起雲朵歸來呢！我正浸沉在憂愁之際，又一次聽聞鶯啼聲了。在淡月之下，鞦韆之旁，我看見凋謝的殘花落在庭院中。這樣的一個黃昏，我記不起曾經有多少次了！

十年前我曾到過揚州，但是對我來說，只不過是一場夢境而已。縱然現時的我仍有少年的心意，但是又有何用呢？不是白費嗎？一切都不分明，一切都不清楚。我的精神頗為疲乏，又不想說話，只有一段傷春之幽事纏繞着我呢！

輕剪楚臺雲，玉影半分秋月。一餉淒涼無語，對殘花幺蝶。

碧天愁雁不成書，郎意似秋葉。閑展鴛綃殘譜，卷淚花雙疊。

● 語譯

這個如白玉般美的影子本是秋月分出來的一半啊！它將雲臺（又名「巫山雲雨臺」）的雲朵輕輕地剪開。片刻間她覺得頗為淒涼，一句話也說不出來，只對着殘花和小蝶而已。

碧天上的雁兒只孤單一隻，故此寫不成「人」字。她為此而發愁呢！情郎的心意又好似秋葉一般，被秋風送走了！她靜靜地展開繡有鴛鴦的絲織物和殘舊的歌譜。這個時候，她灑下淚來，美麗如花地掉落在絲織物和歌譜之上。她惟有將這兩疊染滿淚水的物件捲起。除此之外，她還可以做甚麼呢？

卷三（前）

宋亡後作品，十八首；
依年代先後排列。

一一四・掃花遊 ｜ 九日懷歸

江蘺怨碧，早過了霜花，錦空洲渚。孤蛩自語。正長安亂葉，萬家砧杵。塵染秋衣，誰念西風倦旅？恨無據。悵望極歸舟，天際煙樹。

心事曾細數。怕水葉沉紅，夢雲離去。情絲恨縷，倩回紋為織，那時愁句。雁字無多，寫得相思幾許。暗凝竚。近重陽、滿城風雨。

● 語譯

江蘺香草怨恨它的碧綠色已離別它而消失了。霜花早已降下
來了，令到水邊的美麗花木凋謝，只剩下一片空疏荒涼的沙
洲。孤獨的蟋蟀自言自語。這正是紛亂的落葉在長安飛舞和
萬家搗衣的時候。此際我的秋衣沾滿了征塵，但誰會想念我
這個在西風之中厭倦行旅的人呢？我的怨恨是無憑據的！我
惆悵地遠望，直至天邊，希望見到歸舟，可惜我見到的只有
那裏的煙靄和樹木而已！

我曾經仔細地逐一反省我的心事，恐怕它們猶如紅葉沉水，
或夢中的雲影，消失得無影無蹤。我極希望我的情絲恨縷，
請人把它們織成回紋斷腸詩句，以寄給我的心中人。但是，
空中的鴻雁排成的「人」字很少出現的，那麼，我又能寫得
多少相思之字句呢？我寂寞地凝神站立着。這個時候已接近
重陽節了，滿城都是風和雨呢！

一一五·一萼紅 ｜ 登蓬萊閣有感

步深幽。正雲黃天淡，雪意未全休。鑒曲寒沙，茂林煙草，俯仰千古悠悠。歲華晚、漂零漸遠，誰念我、同載五湖舟？磴古松斜，崖陰苔老，一片清愁。

回首天涯歸夢，幾魂飛西浦，淚灑東州。故國山川，故園心眼，還似王粲登樓。最負他、秦鬟粧鏡，好江山，何事此時遊？為喚狂吟老監，共賦消憂。

（原注：閣在紹興，西浦、東州皆其地。）

● 語譯

我在深暗幽隱之處漫步。這正是淡淡的黃雲佈滿天空和雪意
仍未完全休止的時候。鑑湖一帶為寒沙所環繞，茂密的樹林
為荒煙蔓草所覆蓋。我深感，於俯仰之間，千古的時光便變
得很渺遠了！一年的光陰已差不多完盡了，而我到處飄零，
越去越遠，此際誰人會想念我，一同與我泛舟於五湖呢？石
級已變得古舊了，松樹亦已生到傾斜了；山崖已綠樹成陰，
苔蘚亦已蒼老。我心中泛起了一片無可名狀的哀愁呢！

這個時候，我遠在天邊啊！我回首過去，連做夢也想着重返
故鄉。我的魂魄幾乎飛回西浦，引致我的淚水灑落在東州
呢！我懷念故國的山川，我的內心牽掛着故鄉。此時的心情
真似昔日王粲登樓的心境一樣！面對着秦望山，它的鬟髻多
漂亮啊！面臨鏡湖，它的粧扮多美好啊！這樣美麗的山光水
色，為甚麼偏偏要在這個時候去遊覽呢？這不是最辜負它們
嗎？因此，我喚起以「四明狂客」和「秘書外監」之稱的唐
代詩人賀知章共同賦詩，去消解我倆內心的憂愁呢！

信山陰道上景多奇，仙翁幻吟壺。愛一丘一壑，一花一
草，窈窕扶疏。染就春雲五色，更種玉千株。咳唾騷香
在，四壁驪珠。

曲折冷紅幽翠，渺流花澗淨，步月堂虛。羨風流魚鳥，
來往賀家湖。認秦鬟、越粧窺鏡，倚斜陽、人在會稽
圖。圖多賞、池香洗研，山秀藏書。

● 語譯

我相信，會稽山陰道上擁有那麼多的奇景，是傳說中的仙人
壺公的噀吟壺所幻變出來的。我愛山陰道上的一丘一壑，因
為它們幽深雅靜；又愛道上的一花一草，因為它們長得繁
茂。那裏的景色可將春天的雲彩染成五色，更能夠種植千種
如翠玉的青竹。在那裏，咳唾之間，可產生如《離騷》一般
的美妙文章，使四壁佈滿美若驪珠的詩句。

長着清冷紅花和幽深翠竹的小徑曲曲折折。在潔淨的溪澗裏
飄流着落花，去到很遠至看不清楚的地方。人們可在月色下
散步，又可進入空靜之堂室。我羨慕蕭散清高的魚鳥，它
們在賀家湖——唐代詩人賀知章晚年隱居處來來往往。我
認得如女士鬟髻般的秦望山。它倒映在湖中，猶如越女西施
臨鏡梳粧那麼美豔。它倚憑着斜陽，一如人在會稽圖一樣嬌
美呢！如此的一幅圖畫應該多多欣賞啊！它的池水散發出香
氣，是由於人們在池水洗滌墨硯；它的山巒呈現秀色，是因
為山中珍藏大量古籍呢！

一一七・西江月 ｜ 懷剗

萬壑千巖剗曲，朝南暮北樵中。江潭楊柳幾東風？猶憶
當年手種。

鬢雪愁侵秋綠，容華酒借春紅。非非是是總成空，金谷
蘭亭同夢。

● 語譯

剡溪的曲折處有萬壑千巖之美，樵風涇的中部有朝南風暮北風之便。江潭的楊柳經過多少次東風啊！我仍然記得這些楊柳是當年桓溫親手種植的。

當我臨秋水自照的時候，發覺自己的鬢髮已為白雪所侵了；我的美好容顏只可借酒才能夠染就如春天般紅色呢！我憂愁得很啊！世間上的一切，非其非、是其是，總會成為虛幻的。人間的一切聚會、雅集，如晉代石崇在洛陽別墅金谷園的聚會和東晉王羲之等人在山陰蘭渚山下的蘭亭雅集，都同為春夢而已！

一一八・滿江紅 ｜ 寄剡中自醉兄

秋水涓涓，情渺渺、美人何許？還記得、東堂松桂，對牀風雨。流水桃花西塞隱，茂林修竹山陰路。二十年、歷歷舊經行，空懷古。

評研品，臨書譜。箋畫史，修茶具。喜一愚天稟，一閑天付。百戰徵求千里馬，十年餖飣《三都賦》。問何如、石鼎約彌明，同聯句。

● 語譯

秋水細細地流；情思飄到很遠，眼看不見了！美人此刻在何處呢？我仍然記得，東堂種滿了松樹和桂樹，它們對着牀鋪，經歷了不少風雨。有流水桃花的地方令我想起隱逸於西塞山的唐代詩人張志和；有茂林修竹之處使我記起東晉書法家王羲之通到蘭亭的山陰路。二十年了，經歷了不少舊日做過的事情，此時此刻只徒然懷念過去而已。

現今，我惟有品評墨硯，臨摹書譜，箋釋畫史和修補茶具。我欣然接受，我一人的愚昧是天授的，一己的悠閑是天付的。無量數的戰爭，須徵求日可行千里之馬；要費十年才可寫成的，是晉人左思所寫的文辭重疊堆積的《三都賦》啊！如果我們打算再賦如唐代韓愈等人的《石鼎聯句詩》，約你現今這個彌明（唐代衡山道士），我問你的意見如何呢？

步晴晝。向水院維舟，津亭喚酒。嘆劉郎重到，依依謾懷舊。東風空結丁香怨，花與人俱瘦。甚淒涼，暗草沿池，冷苔侵袂。

橋外晚風驟。正香雪隨波，淺煙迷岫。廢苑塵梁，如今燕來否？翠雲零落空堤冷，往事休回首。最消魂、一片斜陽戀柳。

● 語譯

在晴朗的白天我出行遊歷。在傍水的人家我停駐行舟，又向渡頭的酒亭買酒。我如唐代的詩人劉禹錫一般，又重訪這個地方了，但慨歎的是，我不經意地懷念舊日發生過的事情，至今還依依難捨呢！在東風吹拂之中，我覺得難解的怨恨──「丁香怨」是徒然締結的，致令到今日花殘人瘦。十分淒涼啊！眼前只見幽暗的野草沿池而生和荒冷的苔蘚侵襲井壁而已。

小橋之外，晚風驟然吹起！這正是清香的雪片隨水波飄去和輕淺的煙霧遮蔽着峰巒之時呢！荒廢的皇家禁苑和塵埃堆積的畫樑仍在，但而今燕子還會飛來嗎？翠綠色的浮雲多已飄散了，零落得很；空虛的堤岸已變得清清冷冷，以往的事情不要回首顧望了。最使人魂消的是，眼前一片斜陽仍依戀着那些垂柳呢！

一二〇 · 高陽臺 ｜ 寄越中諸友

小雨分江，殘寒迷浦，春容淺入蒹葭。雪霽空城，燕歸何處人家？夢魂欲渡蒼茫去，怕夢輕、還被愁遮。感流年、夜汐東還，冷照西斜。

萋萋望極王孫草，認雲中煙樹，鷗外春沙。白髮青山，可憐相對蒼華。歸鴻自趁潮回去，笑倦遊、猶是天涯。問東風、先到垂楊？後到梅花？

● 語譯

微小的雨絲把江水分成兩半，殘餘的寒氣迷糊了浦岸，使人看不清呢！初生的蘆葦，因春天來臨，容顏已稍為變換了，它們已開始萌芽了！雪剛剛下過，城市一片虛空，燕子可以歸去哪一處人家呢？我的夢魂想離開蒼茫大地而遠去，但又怕夢太輕盈，仍然被憂愁所遏止呢！我感受到，年光如流水一般地消逝，夜汐之時，東還之際，夕陽正在西斜，月亮又淒冷地照着呢！

我極目而望，眼前盡是繁茂的春草啊！我認得那些雲中的煙靄和樹木，又認得那些海鷗之外的春天平沙。我這裏是白髮，遠處是青山，一青蒼，一華白，兩者遙遙相對，真是可憐啊！歸去的鴻雁，自然是趁着潮水回去的。我對自己的遊覽，雖然覺得疲倦，但仍然遠在天邊，而歸家一點進程也沒有，只有苦笑而已。我問東風，是否你先到垂楊？然後到梅花呢？

一二一 · 水龍吟 ｜ 白蓮（一題作荷）

素鷺飛下青冥，舞衣半惹涼雲碎。藍田種玉，綠房迎曉，一斂秋意。擎露盤深，憶君涼夜，暗傾鉛水。想鴛鴦正結，梨雲好夢，西風冷、還驚起。

應是飛瓊仙會。倚涼飆、碧簪斜墜。輕粧鬥白，明璫照影，紅衣羞避。霽月三更，粉雲千點，靜香十里。聽湘絃奏徹，冰綃偷剪，聚相思淚。

● 語譯

乘着白鸞的仙女從青天飛下來，她舞衣蹁躚，引致一半如寒雲的蓮花也破碎了！白蓮美得如藍田所種的玉一般。她的花蕾迎着天曉而開，映照在奩鏡上，露出一片秋意。如仙人掌上承露盤的荷葉，承滿了的露水暗暗地傾瀉下來了，重得如鉛水一般呢！這正如當她在晚上思念她的情郎之時而流下來的淚水一般！我想到，當一對鴛鴦正在一起酣睡，作梨雲好夢之際，被寒冷的秋風吹襲而驚醒的情況。

這應該是許飛瓊一班傳說中的仙子聚會之時啊！她們在寒冷狂風之中倚立着，頭上的碧玉簪也因而被吹到傾斜而下墜了！她們打扮得輕盈淡雅，爭芳鬥艷；也佩載着明珠串成的首飾，顧影自憐。她們太美了，連穿上紅衣的蓮花也自覺羞愧而避開呢！三更半夜之時，一輪朗月，照着如白雲一般的蓮花，千點萬點，散發出的暗香傳至十里那麼遙遠。聽啊！湘娥的彈奏已經結束了。她偷偷地剪碎身上潔白細薄的絲絹，但卻沒有灑淚，只是將相思之淚在眼裏凝聚起來呢！

一二二·天香 ｜ 龍涎香

碧腦浮水，紅薇染露，驪宮玉唾誰搗？麝月雙心，鳳雲百和，寶釧佩環爭巧。濃薰淺注，疑醉度、千花春曉。金餅著衣餘潤，銀葉透簾微裊。

素被瓊簹夜悄，酒初醒、翠屏深窈。一縷舊情，空趁斷煙飛繞。羅袖餘馨漸少，悵東閣淒涼夢難到。誰念韓郎，清愁漸老。

● 語譯

龍涎香的顏色近乎碧綠，其質似腦，但實際上是個香晶體，
而能如冰一般浮在水面上。它如紅色的薔薇花沾染了露水，
因而散發出香氣。它是龍宮的驪龍所吐出來的珍貴如玉的涎
沫啊！它是誰人搗製的呢？它的香氣如麝香，其形如月亮。
如果將它燃點，它的香末會縈篆成「心」字，名為「心字
香」或「雙心香」。它的形狀可製成如鳳如雲，又可與多種
香料配製而成一種香，名為「百和香」。它的形狀又可製成
如寶釧或佩環一般精緻，互相爭巧。濃郁的薰染或輕淺的灌
注，都會使人陶醉，令人以為他們在春曉之時在千花叢中度
過呢！形狀如金餅的龍涎香沾染了衣服而香氣潤貼不散；形
狀如銀葉的龍涎香可透過簾幕，其香氣細長繚繞。

深夜靜悄的時候，素白色的被鋪被精美如玉般的香籠內的龍
涎香薰香了。酒醉初醒之時，發覺自己被翠綠色的屏風圍
住，如處在一個幽深的地方。我心中的一絲舊情，只可以趁
着龍涎香的香氣，斷斷續續地環繞飄飛而已！我的羅衣剩餘
的香氣漸漸減少了！我的淒涼的夢魂很難去到東閣啊！這使
我惆悵不已。誰會想及我這個韓郎——「韓壽偷香」的故事
中的美男子韓壽，此際由於滿懷清愁，已經漸漸老去呢！

槐薰忽送清商怨，依稀正聞還歇。故苑愁深，危絃調
苦，前夢蛻痕枯葉。傷情念別。是幾度斜陽，幾回殘
月？轉眼西風，一襟幽恨向誰說！

輕鬟猶記動影，翠奩應妒我，雙鬢如雪。枝冷頻移，葉
疏猶抱，孤負好秋時節。淒淒切切。漸迤邐黃昏，砌螿
相接。露洗餘悲，暮煙聲更咽。

● 語譯

槐樹的薰香處，隱隱約約，忽然送來了一陣如盛行於南朝的
《清商曲》一般的哀怨之聲。我驟然聽聞，但它又停止了。
它的如緩絃上奏出的悲涼苦聲，正在訴說故苑的深愁。舊事
如夢，此際枯葉上只剩下蟬蛻的痕迹而已。念到別離的事
情，是很傷感的。但已經過了不少時候，斜陽和殘月已變換
多少次了！轉眼間西風又到，蟬滿懷的幽恨不知應該向誰申
說呢？

我仍記得它的鬈鬆輕輕搖動時的美態。以翠玉製成的奩鏡，
此時應該怪責我，因為它見到我的雙鬢已如雪一般的白了。
它棲身的樹枝一天比一天寒冷，它惟有頻頻地移動它的身
體。樹葉也一天比一天疏落了，但它仍然抱住它們不放手。
它這樣便不得已辜負了美好的秋天呢！它的哀叫聲，淒淒切
切啊！如此不斷地延續，漸漸地到了黃昏，最後便與階石間
的吟蛩叫聲相接起來。雖然露水逐漸地將它的餘悲洗去，可
是到了晚間煙霧籠罩之時，它的聲音便越來越悲咽了。

一二四·三姝媚 | 送聖與還越

淺寒梅未綻。正潮過西陵，短亭逢雁。秉燭相看，嘆俊遊零落，滿襟依黯。露草霜花，愁正在、廢宮蕪苑。明月河橋，笛外尊前，舊情消減。

莫訴離腸深淺。恨聚散忽忽，夢隨帆遠。玉鏡塵昏，怕賦情人老，後逢淒惋。一樣歸心，又喚起、故園愁眼。立盡斜陽無語，空江歲晚。

● 語譯

寒意輕淺，梅花仍未綻放。此時正是潮水穿過錢塘江上的西陵的時候。我在送別之處 ── 短亭忽然見到鴻雁飛歸！我和朋友拿着蠟燭，互相觀望。我們慨歎才智過人的朋友已稀少了，這使我們的胸懷充滿了依依黯黯之情呢！眼前是一片沾滿了露水的草叢和被霜雪遮蓋住的花木。此刻，哀愁正凝聚在廢置的宮殿和荒蕪的苑囿。昔日是可愛的：那時明月映照在河橋之上，笛聲從外邊傳來，而尊酒放在面前。可是，到了現時，舊日的情懷已消失退減了！

不要訴說離情是深或是淺啊！我怨恨的是，相聚和離散都是很忽忙的，而我的夢只可隨着征帆去到很遠的地方。玉飾的鏡子已為塵垢所昏暗了。我害怕的是，賦詠離情的人已經老去，日後相逢之時更覺淒惋呢！我的歸去的心情和你一樣，故現在又惹起我盼望返故園的愁懷。我無言無語地站立在斜陽之中，直至它消失為止！歲晚來臨了，可是見到的只有一片空虛的江水而已！

記移燈剪雨，換火籌香，去歲今朝。乍見翻疑夢，向梅邊攜手，笑挽吟橈。依依故人情味，歌舞試春嬌。對婉娩年芳，飄零身世，酒趁愁消。

天涯未歸客，望錦羽沉沉，翠水迢迢。嘆菊荒薇老，負故人猿鶴，舊隱誰招？疏花謾撩愁思，無句到寒梢。但夢繞西陵，空江冷月，魂斷隨潮。

● 語譯

我記得，當日天降着雨，我們剪燈話舊，深夜薰籠添香的情況。這是去年今日的事了！當時我們不期然於異地重逢，我反而以為是做夢呢！我們曾在梅樹旁邊，攜手漫步；又欣快地乘坐小舟，一齊賦詩。我們是相識很久的朋友了，感情濃厚，故捨不得離去。我們又曾在嬌美的春色中唱歌和跳舞。對着美好年華的溫柔和順的舞娘，我們感慨她們身世飄零，故此借酒消愁呢！

我遠在天邊作客，仍沒有機會重返故鄉啊！我望着天空，等待鴻雁與春燕來臨，可是它們如沉在蒼茫之中，全無蹤影；又只見到青綠的海水，悠悠沒有盡頭。菊花已經荒蕪，山薇亦已衰老，如果你不歸隱的話，會辜負了故友如猿和鶴對你的盼期。那麼，舊日的歸隱是誰招的呢？都是朋友吧！當我想到這一點，慨歎不已！疏落的花朵不經意地撩起我的愁思，使到我不能對寒梢賦詠。但是，我的夢魂仍然纏繞着西陵。這個時候，在凄冷月色之下，江上是空無人迹的。我的魂魄已斷了，只有隨着潮水逝去吧！

一二六・獻仙音 ｜ 弔雪香亭梅

松雪飄寒，嶺雲吹凍，紅破數椒春淺。襯舞臺荒，浣粧池冷，淒涼市朝輕換。嘆花與人凋謝，依依歲華晚。

共淒黯。問東風、幾番吹夢？應慣識、當年翠屏金輦。一片古今愁，但廢綠、平煙空遠。無語消魂，對斜陽衰草淚滿。又西泠殘笛，低送數聲春怨。

● 語譯

白雪飄落在松枝上，散出寒氣；浮雲飛往嶺頭，我感覺到一陣涼氣向我吹來。紅色的梅花蓓蕾，狀似花椒，已有數枝綻放了，春天剛剛開始呢！襯舞臺荒廢着，浣粧池亦頗冷落，因為仍然未有人到訪。市列如朝列一般，輕易地換了人群，多淒涼啊！慨歎的是，花與人都凋謝了，一年的光陰已到了盡頭，真是依依難捨呢！

我們都淒楚悲傷啊！東風幾度吹來，喚醒我的美夢。我向它詢問，是否應該已習慣地認識了當年滿鑲着翠玉的屏風和以金裝飾的皇帝后妃的座車。這一片愁緒貫串着古今，但眼前只有廢棄的一片綠草、橫陳的煙靄和寂寞的遠天。我說不出我的感覺，卻極度悲傷，好似失去了魂魄一般。對着斜陽，我的淚水灑滿在衰草上。我又聽到從西泠傳出來的幾點殘笛聲，低迴婉轉，好似有意將春怨送走。

一二七·聲聲慢 ｜ 送王聖與次韻

瓊壺歌月，白髮簪花，十年一夢揚州。恨入琵琶，小憐重見灣頭。尊前謾題《金縷》，奈芳情、已逐東流。還送遠，甚長安亂葉，都是閑愁。

次第重陽近也，看黃花綠酒，也合遲留。脆柳無情，不堪重繫行舟。百年正消幾別，對西風、休賦《登樓》。怎去得？怕淒涼時節，團扇悲秋。

● 語譯

我手執玉壺，對月當歌；又將花朵簪插在斑白的頭髮上。這是我十年前在揚州過的生活啊！現時說來，只不過是一場夢而已！我在灣頭與舊宮女——如北齊後主高緯崇之妃馮小憐一般重逢，又聽她彈琵琶，深感她將怨恨注入琵琶聲中。飲酒之時，我隨便地在她的金縷衣題上字句。可惜，無奈地，如此美好的事情已隨着江水向東流去，不可重見了！縱使我仍然送別她一段頗長的路程，但為甚麼長安飄下的亂葉，總給我帶來空洞的哀愁呢？

順着時節的程序，重陽節將快來臨了，我以為黃色的菊花和綠色的美酒，是適合朋友留連忘歸的，可是，脆弱的柳條是無情的，它不能再次綁繫要開行的船隻呢！人生不過百年，但百年之內又可以消受多少離別？故此，對着西風，不要如「建安七子」中的王粲一般吟詠《登樓賦》啊！如何能夠消除這種痛苦呢？我害怕的是，在淒涼時節之際，如漢代班婕好般拿着團扇，對着秋風而悲哀慨歎呢！

一二八・踏莎行 ｜ 題中仙詞卷

結客千金，醉春雙玉。舊遊宮柳藏仙屋。白頭吟老茂陵西，清平夢遊沉香北。

玉笛天津，錦囊昌谷。春紅轉眼成秋綠。重翻花外侍兒歌，休聽酒邊供奉曲。

● 語譯

與人結交，須有一諾千金之義。要醉酒，不妨以雙玉佩去換美酒！舊日遊歷處，種滿了宮柳，遮蓋着如仙人居住的房屋。你頭髮花白了，老邁了，但仍然如漢代的辭賦家司馬相如般在茂陵西畔吟詠；昔日繁華已成舊夢，但你一樣如唐代詩人李白般在宮中沉香亭北賦詩。

你吹奏玉笛之高妙技巧，令我想起昔日唐代元稹提到的洛陽天津橋少年善笛者之韻事；又你出眾的文學才華，使我聯想到唐代青年詩人李昌谷背古錦囊尋章覓句的佳話。可惜，春天的紅花轉眼之間已凋謝了，變成秋天的綠色了！且讓歌伎重新演唱《花外集》的詩篇吧，不要再聽那些只供人歡宴的歌曲啊！

一二九・高陽臺 ｜ 送陳君衡被召

照野旌旗，朝天車馬，平沙萬里天低。寶帶金章，尊前
茸帽風欹。秦關汴水經行地，想登臨、都付新詩。縱英
遊、疊鼓清笳，駿馬名姬。

酒酣應對燕山雪，正冰河月凍，曉隴雲飛。投老殘年，
江南誰念方回？東風漸綠西湖柳，雁已還、人未南歸。
最關情、折盡梅花，難寄相思。

● 語譯

旗幟在郊野展耀着，車馬隊準備朝見天子了。眼前平沙萬
里，連接天邊，好像天幕低垂的樣子。你佩戴着飾有珍寶的
玉帶和金印。在飲餞行酒之時，你的皮帽被風吹得歪斜。你
會經過秦地關山和汴水流經之地啊！我相信，你登臨之際，
一定有新詩的創作。這一次你縱情漫遊，鼓聲陣陣；又有嘹
亮而悲涼的胡笳聲。更少不了駿馬和有名氣的女士呢！

暢飲之時，應該對着燕山之雪。這正是河水結冰，月色淒
冷，田野清曉和煙雲飛蕩之際呢！我是個垂老之人了，臨近
晚年，誰會想念我這個仍在江南的詞人賀方回呢？東風漸漸
地將西湖的楊柳變綠了，可是鴻雁雖已歸來，而人仍未離江
南而北去呢！我最關心的是，縱使我將梅花折盡，也難把我
的相思之情寄到你那兒呢！

一三〇・慶宮春 | 送趙元父過吳

重疊雲衣，微茫雁影，短篷穩載吳雪。霜葉敲寒，風燈搖暈，棹歌人語嗚咽。擁衾呼酒，正百里、冰河乍合。千山換色，一鏡無塵，玉龍吹裂。

夜深醉踏長虹，表裏空明，古今清絕。高臺在否？登臨休賦，忍見舊時明月。翠消香冷，怕空負、年芳輕別。孤山春早，一樹梅花，待君同折。

● 語譯

濃雲密佈，如衣服重重疊疊。鴻雁之蹤影很微小，看不清楚啊！短小的篷帳穩穩地乘載着吳中的霜雪。霜葉在寒冷的天氣中搖動着，發出聲響。風中之燈光也搖擺不定。有人唱棹歌，亦有人交談，但都不暢快，帶有歎息和悲哀。擁着被子呼喚飲酒之時，正是百里長的冰河忽然接合起來的時候。當此際，所有山巒都換上了顏色——白色，大地潔白得如一面鏡子，一點塵埃也沒有；只有玉笛——如玉龍般美的笛子可以將如此雪白的蒼茫吹裂！

夜深之時，酒醉之際，可以漫步於垂虹橋上。這個時候，內外一切，虛空明淨；往古與今時，都清潔絕俗之至啊！聳立於垂虹橋上之垂虹亭還在嗎？你登臨之時，不要賦詠啊，因你怎忍心看見舊時的明月呢？翠綠色的樹葉消失了，花香亦因天氣寒冷而沒有了。我恐怕如此不珍惜離別，會辜負了大好的時光！春天很早便會來到滿種梅樹的孤山，我一定會等待你，一同折取樹上的梅花！

一三一 · 疏影 ｜ 梅影

冰條木葉，又橫斜照水，一花初發。素壁秋屏，招得芳魂，仿佛玉容明滅。疏疏滿地珊瑚冷，今誤卻、撲花幽蝶。甚美人、忽到窗前，鏡裏好春難折。

閑想孤山舊事，浸清漪倒映，千樹殘雪。暗裏東風，可慣無情，攪碎一簾香月。輕粧誰寫崔徽面？認隱約、煙綃重疊。記夢回、紙帳殘燈，瘦倚數枝清絕。

● 語譯

梅樹的枝條如冰一般潔淨，但樹葉已經凋謝了，只剩下木條而已！它傾斜地向橫生長，映照在水面上。枝上有花一朵，剛剛綻放。梅花的影子投射在素白色的牆壁上和用以遮掩秋風的屏風上，如已將梅花的美麗魂魄招回來一般。看見它的美如白玉的容貌忽隱忽現，彷彷彿彿。梅影滿地，但疏疏落落，寒冷若水中的珊瑚。這令到幽靜的蝴蝶完全誤會，以為是真花，故撲向它們。又以為梅影是美人，心中疑惑，為何她忽然在窗前出現？是否由於出現於鏡裏如春色豔麗的美貌終於沒有被人折取呢？

我無聊地想起昔日發生過的事情。那裏種植了千棵梅樹，被殘雪所蓋，倒映水中，為清澈的漣漪所浸沒呢！東風暗暗地吹起，它是否習慣無情地將梅影吹動，引致把簾幕上的月色被攪碎呢？梅影如輕粧打扮的唐代名歌伎崔徽一般美，誰能夠描繪呢？我覺得，梅影重重疊疊，隱約如輕綃上的畫容。我記得，夢醒時，在殘燈之中，我曾看見幾枝梅花的瘦影倚憑在紙製的帷帳上，多清雅絕俗啊！

卷三（後）

一三二——一五二

宋亡後作品，二十一首。

一

一三二‧玉漏遲 ｜ 題吳夢窗詞集（一題作題吳夢窗《霜花腴詞集》）

老來歡意少。錦鯨仙去，紫簫聲杳。怕展金奩，依舊故人懷抱。猶想烏絲醉墨，驚俊語、香紅圍繞。閑自笑，與君共是，承平年少。

雨窗短夢難憑，是幾番宮商，幾番吟嘯？淚眼東風，回首四橋煙草。載酒倦遊處，已換卻、花間啼鳥。春恨悄，天涯暮雲殘照。

● 語譯

我年紀老邁了，歡樂的意興已減卻了不少。其才華美如錦鯨的人——吳夢窗已經仙逝，而紫霞翁楊纘的音樂亦已成絕響。我害怕展讀如金匣般珍貴的《霜花腴詞集》，因為我依舊具有懷念故人的懷抱。我仍然想到有墨綫格子的絹素（又稱「烏絲欄」）和能寫酣暢飄逸的詩文的才子。他的俊美辭句可驚四座，使到不少美女——那些穿紅着綠和身體散發出香氣的美女都圍繞着他。我無聊地自己發笑，那時我和你，大家都是治平相承和年少之時啊！

在雨窗之前睡覺，只做了個短夢，很難說是有憑實的。我們曾多少次談論音樂？又曾多少次吟詩填詞呢？我在東風中淒然下淚啊！我回首顧望，只見稱作「四橋」的西湖蘇堤的「壓堤」佈滿荒煙和野草而已！那些我們曾經攜酒而飲和倦遊的地方，現時花叢中的啼鳥已非舊日一樣了。對春天的怨恨只有自己知道。看見天邊的暮雲都浸在夕陽殘照之中，情何以堪呢？

一三三・夷則商國香慢 ｜ 賦子固淩波圖

玉潤金明。記曲屏小几，剪葉移根。經年汜人重見，瘦影娉婷。雨帶風襟零亂，步雲冷、鵝管吹春。相逢舊京洛，素靨塵緇，仙掌霜凝。

國香流落恨，正冰銷翠薄，誰念遺簪？水空天遠，應念夔弟梅兄。渺渺魚波望極，五十絃、愁滿湘雲。淒涼耿無語，夢入東風，雪盡江清。

● 語譯

它的形狀瑩潤潔白如玉，花心明亮如金。我記得，那處有曲
折的屏風和小小的几案。人們將它的葉剪裁好和把它的根放
得妥當。重見這個如洞庭龍女般美麗的人兒——水仙花已
經過了一年了！它的姿態美妙，可是較為消瘦。雨如帶，風
如襟，水仙花經過風吹雨打之後，現出頗為零落的樣子。
捱過了寒冷的天氣後，人們將鵝狀之玉管吹響，表示春天已
經降臨了！我與水仙花在古舊的京都相逢。我發覺它的臉
龐素白，衣服被塵埃染污；它的花瓣上如漢宮金銅仙人之手
掌——承露盤上凝結了霜花。

被稱為「國香」的水仙花流落在民間，是一種恨事啊！這正
是潔白如冰的花朵清減和翠綠的葉兒變得薄弱的時候。誰人
會想念它如碧玉簪般遺落在江邊呢？江水是虛空的，天空是
遙遠的。此際它應該念及它的弟弟山礬和兄長梅花。（按：
水仙花開在梅花之後，山礬之前，故稱「礬弟梅兄」）我望
極魚紋之波浪，去到很遠，渺渺茫茫啊！我彈奏五十絃之
琴瑟，即時哀愁便充滿了湖水上的雲層。我的淒涼之情耿耿
於懷，但說不出話來呢！我的夢魂飛入東風之中。降雪結束
了，江水也變得清朗了！

一三四 · 醉落魄　│　洪仲魯之江西，書以為別。

寒侵徑葉，雁風擊碎珊瑚屑。研涼閑試《霜晴帖》。頌
鞠騷蘭，秋事正奇絕。

故人又作江西別。畫樓虛度中秋節。碧闌倚遍愁誰說。
愁是新愁，月是舊時月。

● 語譯

寒氣侵襲路徑上的樹葉。秋雁飛過而生風，將珊瑚一般美麗的秋霜擊碎了！因天氣關係，墨硯也變得寒凍了，我清閑得很，故此嘗試臨摹《霜晴帖》。我歌頌秋菊和為香蘭賦詩，這些在秋天可做的事情是奇妙絕倫呢！

我的故友又一次要離開我們到江西去了！在畫樓上我空虛地度過中秋節而已。我倚遍碧綠色的闌干，但內心的哀愁可以向誰人說明白呢？這些愁是新添的，但天空上的月亮卻是舊時一樣。

一三五・祝英臺近 ｜ 後溪次韻日熙堂主人

殢餘酲，尋舊雨，愁與病相半。綠意陰陰，絲竹靜深院。絕憐事逐春移，淚隨花落，似剪斷、鮫房珠串。

喜重見，為誰倦酒慵詩，筠屏掩雙扇。白髮潘郎，羞見看花伴。可堪好夢殘時，新愁生處，煙月冷、子規聲斷。

● 語譯

沉溺在殘醉之中，帶着半愁半病，我訪尋舊友。那處一片蒼綠，陰陰森森。但從寂靜深暗的院子裏卻傳來陣陣絲竹之聲！最為憐惜的是，事情已經過去，春天亦已經遷移了。我的淚珠隨花飄落，好似鮫人——傳說中的「美人魚」閨中的一串珍珠被人剪斷，點點掉下來一般。

我們重聚了，多歡喜啊！但是我卻倦於飲酒，懶於賦詩，甚至把竹製屏風的重扇都掩閉住。為了誰人我這樣做呢？我這個鬢髮早白的如晉代美男子潘岳一般，與看花伴侶一起的時候，真自覺羞愧得很。當美夢消失之時，新愁萌生之際，在煙月淒冷之中，連杜鵑的啼聲都沒有的時候，我可以忍受得住嗎？

一三六 · 甘州 ｜ 燈夕寄二隱

漸萋萋芳草綠江南，輕暉弄春容。記少年遊處，簫聲巷陌，燈影簾櫳。月暖烘爐戲鼓，十里步香紅。敧枕聽新雨，往事朦朧。

還是江南夢曉，怕等閒愁見，雁影西東。喜故人好在，水驛寄詩筒。數芳程、漸催花信，送歸帆、知第幾番風？空吟想、梅花千樹，人在其中。

● 語譯

逐漸地生長茂盛的芳草綠遍了江南！它們的輕盈光輝正在賣弄春天的姿態！我還記得，我年輕的時候曾經冶遊過的地方。那處簫管之聲充滿了狹窄的街道和田間小徑，燈光遍佈了簾幕和窗戶。在溫暖的月色下和花燈間，我們擊鼓作樂；又散步於發散出香氣的花叢中達十里之遙！我斜斜地倚着枕頭傾聽新雨之聲，想念那些往日發生過但記不清楚的事情。

這又是江南夢曉的時候啊！我卻害怕在無聊之際，見到鴻雁從各處而來呢！這真使我發愁啊！我欣然知道朋友仍然健在，更從江水的驛站寄詩文給我。我計算，美好的節令行程，這個時候應該漸漸催促花開時期；送別春船之時，更應該知道是第幾番的花信風呢！我吟哦地想像，人在千樹梅花之中是多美妙啊！不過，這只是空想而已，不會實現的。

一三七 · 齊天樂　｜　次二隱寄梅

護春簾幕東風裏，當年問花曾到。玉影孤搴，冰痕半拆，漠漠凍雲迷道。臨流更好。正雪後逢迎，陰光相照。夢入羅浮，古苔喞唧翠禽小。

一枝空念贈遠，遡波流不到，心事誰表？倚竹天寒，吟香夜冷，幾度月昏霜曉。尋芳欠早。怕鶴怨山空，雁歸書少。不恨春遲，恨春容易老。

● 語譯

我問，在東風中，護春的簾幕是否如當年唐代崔徽的做法，曾經到來保護梅花呢？梅花如白玉，高高地挺立着。它色白如冰，　半已綻放了。在廣漠的寒凍雲層中它迷失了路啊！它在流水的邊旁，就更好看了。這正是降雪之後彼此逢迎，輕淺的光輝互相映照之時呢！我的夢魂進入了滿種梅花的羅浮山。在那裏，我聽到小小的翠禽在古苔梅上，雜亂細碎地啼叫着。

我徒然想着，將一枝梅花寄贈給遠處的友人，可是，逆着水流的方向都寄不到，那麼，我的心事誰人可為我表達呢？梅花在寒涼的天氣中倚竹而立，又在夜間寒冷之時孤寂開放。它曾經多少次度過月照的黃昏和降霜之清曉呢？訪尋它——美好的梅花是欠早了，太遲了！恐怕林間隱逸的代表者白鶴會在空無一人的山中怨恨不已；而且，鴻雁雖然歸來，但帶來的書信卻是很少呢！我不怨恨春天遲來，只怨恨春天容易老去而已。

一三八·踏莎行 ｜ 與莫兩山談邗城舊事

遠草情鍾，孤花韻勝，一樓聳翠生秋暝。十年二十四橋春，轉頭明月簫聲冷。

賦藥才高，題瓊語俊，蒸香壓酒芙蓉頂。景留人去怕思量，桂窗風露秋眠醒。

● 語譯

遠草是友情凝聚之處，獨特之花──瓊花卻以風采韻緻取
勝。在秋天日落之時，一座樓臺聳立在翠叢中！十年前的春
天我們曾到訪過二十四橋，但是轉頭間明月和簫聲都已變得
清冷了！

你的才華高如曾賦詠紅藥的宋代詞人姜白石，而我亦有過吟
詠瓊花的俊語《瑤花慢》。我們曾經在芙蓉頂山上蒸酒、釀
酒和飲酒。在此景留人去之時，我怕思量過往的事情。且讓
我在此秋天之時，在桂窗之下，風露之中，睡眠和夢醒吧！

一三九 · 夜合花 ｜ 茉莉

月地無塵，珠宮不夜，翠籠誰煉鉛霜？南州路渺，仙子
誤入唐昌。零露滴，濕微粧，逗清芳、蝶夢空忙。梨花
雲暖，梅花雪冷，應妒秋芳。

虛庭夜氣偏涼。曾記幽叢采玉，素手相將。青蕤嫩蕚，
指痕猶映瑤房。風透幕，月侵牀。記夢回、粉豔爭香。
枕屏金絡，釵梁絳縷，都是思量。

● 語譯

月色下之大地全無一點塵埃，如珍珠般圓而美的月宮沒有夜晚。在翠綠色的茉莉花欄裏，誰人製造出這樣的芳香呢？到南州的路程頗為遙遠啊！如仙子的茉莉花誤入了唐代的唐昌觀，使人以為是玉蕊花呢！零碎的露珠滴下來了，弄濕了茉莉花的淺粧。被清幽的芳香逗引，令到在夢中的蝴蝶徒然忙碌而已！梨花開的時候正是春末初夏之際，天空的雲朵尚且溫暖；梅花綻放之時，是降雪的冬天。它們應該妒忌這個從夏天開到初秋的茉莉花呢！

在空虛的院子裏，晚上的天氣是特別清涼的。我記得，佳人曾經在花叢中採摘茉莉花。採摘之時是以素白色的雙手捧着花的。那裏的樹葉長得很茂盛，而花蕚仍然頗為幼嫩。佳人採花時的指痕尚留下在花苞上面呢！風透過簾幕吹進來，月色侵入我的睡牀。我記得，夢醒之時，各種美麗的花朵互相爭勝，看誰較為馨香。睡枕、屏風和金綫製成的網幕，或頭釵、冠脊和深紅色的絲縷製造的衣服，這些令我聯想到與茉莉花有關的東西，都是值得我思量的啊！

一四○·珍珠簾 ｜ 琉璃簾

寶階斜轉春宵永，雲屏敞、霧卷東風新霽。光動萬星寒，曳冷雲垂地。暗省連昌遊冶事，照炫轉、熒煌珠翠。難比。是鮫人織就，冰綃漬淚。

獨記夢入瑤臺，正玲瓏透月，瓊鈎十二。金縷逗濃香，接翠蓮雲氣。縞夜梨花生暖白，浸瀲灩、一池春水。沉醉。歸時人在，明河影裏。

● 語譯

在漫長的春夜裏，如雲屏般闊大的琉璃簾幕被東風捲起，煙霧頓時消散，天放晴了。它在名貴的臺階上斜斜地轉動着。這張琉璃簾在月光照射下，光輝晃耀，猶如寒星萬點；又如冷雲拂地飄蕩！我暗暗想到唐明皇與楊貴妃在連昌宮冶遊的舊事。在那裏，珍珠和翡翠發出或強或弱的光芒，當它們轉動照射之時，令到人們的眼睛也炫惑了。實際上，很難以其他東西與琉璃簾來比較的。琉璃簾其實是鮫人的珠淚浸積在色白如冰的絲綃上織成的。

我特別記得，夢入瑤臺——傳說仙人居住之處的情況。那裏的琉璃簾，細緻精巧，通過它正可以直接望見月光，清楚見到玉造的瑤臺十二層。瑤臺的仙子穿着金縷製造的衣服，散發出濃郁的香氣，連接着青翠色天空上的雲層。在潔白如白絹的夜晚，梨花產生一種帶有溫暖的特別白色。它映照在水面上，波光閃動，猶如一池活活的春水！我沉醉於如此美妙的環境中。當我回家之時，我好像浸在明亮的銀河裏呢！

一四一 · 杏花天

金池瓊苑曾經醉，是多少、紅情綠意！東風一枕遊仙睡，換卻鶯花人世。

漸暮色、鵑聲四起，正愁滿、香溝御水。一色柳煙三十里，為問春歸那裏？

● 語譯

如金的池塘和如玉的苑囿都是我曾經醉酒的地方。在那裏，我曾有過數不清的風流韻事！在東風裏，只不過如神仙般睡了一會，但人世間已換過禽鳥和花木了！

暮色漸漸降臨了，杜鵑的叫聲亦從四方響起了！這正是憂愁充滿從御溝流出來香水的時候。煙霧和楊柳都是同一色澤，一直延展了三十里那麼長。我只問，春天究竟歸去那處呢？

一四二‧四字令 | 訪友不遇

殘月半籬，殘雪半枝。孤吟自款柴扉，聽猿啼鳥啼。

人歸未歸？有詩無詩？水邊竚立多時，問梅花便知。

● 語譯

殘月照着半邊籬笆，殘雪剩留在半枝樹上。我獨自吟詩，叩打柴門。我只聽到猿啼和鳥啼而已！

人應該已歸來了，可是他未歸來呢！這不是吟詩的時候，但我卻寫就詩呢！我在水邊站立了多久呢？一問梅花便知道了。

眉消睡黃，春凝淚粧。玉屏水暖微香，聽蜂兒打窗。

箏塵半粧，綃痕半方。愁心欲訴垂楊，奈飛紅正忙。

● 語譯

她一覺醒來，眉額的黃色化粧已消退了，只剩下淚水凝聚在她的春粧上。玉屏風前的沉香水是溫暖的，它散發着微微的香氣。聽見蜜蜂叩打窗格的聲音。

箏上的塵埃遮蓋了箏的一半，淚水的痕迹弄濕了半方絹帕。我的內心充滿了憂愁，希望訴諸低垂的楊柳。無奈這剛剛是飛揚的落花很忙碌的時候，那麼，我是否應該訴諸落花呢？

一四四‧西江月 ｜ 延祥觀拒霜凝稼軒

綠綺紫絲步障，紅鸞綵鳳仙城。誰將三十六陂春，換得兩堤秋錦？

眼纈醉迷朱碧，筆花俊賞丹青。斜陽展盡趙昌屏，羞死舞鸞粧鏡。

● 語譯

用綠綺或紫絲製成的屏障保護着木芙蓉。它美麗得如仙城中的紅鸞和彩鳳兩種神鳥啊！誰人將三十六個池塘的春色——荷花換取兩邊堤岸的美麗如秋天錦繡的木芙蓉呢？

因為沉醉和迷戀木芙蓉的紅花和綠葉，眼睛也發花了！也因為要迎合人們非常欣賞繪畫木芙蓉的圖畫，畫師的畫筆也因而生花了！在斜陽下延祥觀中盡量展示了宋代名畫家趙昌畫的屏風木芙蓉畫，由於其美麗勝過背面有舞鸞花紋的鏡中美人，以致令到美人羞愧而死呢！

一四五・江城子 ｜ 擬蒲江（一題作擬賀方回）

羅窗曉色透花明。豔瑤笙，按瑤箏。試訊東風，能有幾分春？二十四闌憑玉暖，楊柳月，海棠陰。

依依愁翠沁雙鬟。愛鶯聲，怕鵑聲。人自多情，春去自無情。把酒問花花不語，花外夢，夢中雲。

● **語譯**

曉色明豔啊！透過垂着羅帳的窗戶可以看見外面的花木呢！她一會兒裝飾瑤笙，又一會兒輕按瑤箏。她試問東風，春天還有多少呢？體美如玉的她倚憑二十四闌頗久，故闌干亦因而生暖了。她一會兒站在月下之楊柳樹間，又一會兒站在海棠花之陰影中。

她的深青黛色的雙眉沁出憂愁，留戀不去！她愛聽黃鶯叫聲，因為鶯鳴而春至；故怕聽杜鵑叫聲，因為鵑啼而春去。人是多情的，但春卻是無情的呢！她拿着杯酒問花，可是花一言不發！她的夢惟有飛到花外去，但是夢中之事卻如浮雲一般容易消逝呢！

一四六 · 少年游　｜　宮詞擬梅谿（一作擬小山）

簾消寶篆卷宮羅，蜂蝶撲飛梭。一樣東風，燕梁鶯院，
那處春多？

曉粧日日隨香輦，多在牡丹坡。花深深處，柳陰陰處，
一片笙歌。

● 語譯

簾內的寶香已經燃盡了，她捲起宮闈的羅帳，看見蜜蜂和蝴蝶向黃鶯飛撲。到處的東風都沒有分別，到處都有棲息着燕子的畫樑和飛翔着黃鶯的院子，實際上，哪處的春色較多呢？

她每天清晨都打扮得漂漂亮亮，乘着香車，很多時都在牡丹坡出現。那裏，從花叢中最深之處，柳陰下之最暗處，透現出笙歌陣陣的歡樂景象。

一四七・好事近 ｜ 擬東澤

新雨洗花塵，撲撲小庭香濕。早是垂楊煙老，漸嫩黃成碧。

晚簾都卷看青山，山外更山色。一色梨花新月，伴夜窗吹笛。

● 語譯

新來的陣雨將花上的塵埃洗淨。它拂過小小的院子，把花香也弄濕了！被煙靄遮蓋着的垂楊早就變得蒼老，而嫩黃也漸漸變成碧綠色。

我將晚間的簾幕都捲起來，為的是要看青山。青山之外有更好的山色啊！梨花和新月都是一樣顏色——皎潔的顏色。它們在晚上陪伴着我於窗前吹笛。

一四八‧西江月 | 擬花翁

情縷紅絲冉冉，啼花碧袖熒熒。迷香雙蝶下庭心，一行悁悁簾影。

北里紅紅短夢，東風雁雁前塵。稱消不過牡丹情，中半傷春酒病。

● 語譯

牽情的綫一如紅色的絲，柔弱得很呢！花濺淚於碧袖之上，淚光閃爍啊！被花香所迷惑的雙蝶飛向院子的中央。它們被一行閑靜的簾幕阻隔着呢！

北里是繁盛熱鬧的地方，可是在那裏的生活卻短得如夢境一般。東風帶着鴻雁歸來。當我看見雁兒的時候，總會憶起往事！稱心和可以消釋的只不過牡丹花開時的情意而已！如果只有一半的話，我一定會因為傷春而飲酒，直至醉倒為止呢！

一四九 · 醉落魄 ｜ 擬參晦

憶憶憶憶，宮羅褶褶消金色。吹花有盡情無極。淚滴空簾，香潤柳枝濕。

春愁浩蕩湘波窄，紅蘭夢繞江南北。燕鶯都是東風客。移盡庭陰，風老杏花白。

● 語譯

思念啊，不斷地思念啊！宮中所穿的羅衣，每一道衣裙褶子都是用金色的絲綫繡成的。花朵被吹落，雖然有盡的一天，但是情是無終極的！淚水滴在空簾之上，似乎無關痛癢；但是它的香氣卻為柳枝帶來潤和濕呢！

春愁是浩大廣闊的，但瀟湘之水卻是狹窄的，故難以容納春愁呢！她的夢境環繞着大江南北的紅色蘭花啊！對她來說，燕子和黃鶯都是東風的過客而已。陰影移動，度過了整個院子。風已老去，杏花亦轉為白色了！

一五〇・朝中措　｜　茉莉擬夢窗

綵繩朱乘駕濤雲，親見許飛瓊。多定梅魂纔返，香癡半掐秋痕。

枕函釵縷，薰籠芳焙，兒女心情。尚有第三花在，不妨留待涼生。

● 語譯

我執着彩色的繩索，坐着紅色的車輿，渡過了波濤和雲霧，親身去謁見如古代仙人許飛瓊般美麗的茉莉花！安定了如梅魂的她，妥妥當當之後，我才回家。可惜她痊癒後的傷口仍然部分留有秋傷的痕迹。

她的睡枕的匣子載着釵鈿和絲縷，香籠裏又烘烤着花的香氣。這完全顯露出兒女家的心情。如果仍然有第三次 —— 即最末一次（入秋）花開的話，不妨留待涼意初生之時啊！

餘寒正怯，金釵影卸東風揭。舞衣絲損愁千褶。一縷楊絲，猶是去年折。

臨窗擁髻愁難說，花庭一寸燕支雪。春花似舊心情別。待摘玫瑰，飛下粉黃蝶。

● 語譯

這正是剩餘的寒氣令她膽怯的時候啊！當東風吹起之時，她的金釵也掉下來了！她的絲織舞衣，有多處褶襉也被損壞了，她因此而生愁。她現時擁有的一縷楊絲，只不過是去年所折取的而已。她與友人離別已有一年了！

她站立在窗前，雙手捧着鬖髻，愁緒滿懷，但是頗難向人說清楚的。在花園內，落紅堆積有一寸厚，如紅色的雪一般。春花似舊日一樣，可是她的心情就不同了。當她等待摘取玫瑰之時，忽然間飛下一隻粉黃色的蝴蝶！

一五二・浣溪沙　|　擬梅川

蠶已三眠柳二眠，雙竿初起畫鞦韆。鶯攏風響十三絃。

魚素不傳新信息，鸞膠難續舊因緣。薄情明月幾番圓？

● 語譯

蠶已蛻皮三次，柳已伏抑兩次了，竹竿亦已雙雙初生了，這
應該是粉飾鞦韆的時候呢！鸚鵡迎風啼叫，其聲音響如十三
絃的古箏。

魚兒帶來的帛書沒有傳遞新近的信息，以鳳喙麟角合煎而製
成的鸞膠（又名「續絃膠」）也難以延續舊日的姻緣啊！你
這個薄情的明月，可有幾番圓滿呢？

附：周晉詞三首

一·點絳唇　　｜　　訪牟存叟南漪釣隱

午夢初回，卷簾盡放春愁去。晝長無侶。自對黃鸝語。

絮影蘋香，春在無人處。移舟去。未成新句。一硯梨花
雨。

● 語譯

剛剛從午間的睡夢醒過來，我將簾幕捲起，盡量把春愁放走！白晝頗長啊！可是我沒有伴侶，只好獨自對黃鸝自言自語而已。

到處都是如影子一般的飛絮和蘋草的香氣，可見春色實際上存在無人之處呢！我撐動小舟，但是卻沒有賦就新詩。正當此際，一陣如梨花般美的細雨灑下來，優美得如以水墨繪成的圖畫！

二·清平樂

圖書一室。香暖垂簾密。花滿翠壺薰研席。睡覺滿窗晴日。

手寒不了殘棋。篝香細勘唐碑。無酒無詩情緒，欲梅欲雪天時。

● 語譯

這是個放滿了圖書的房室啊！它充滿了香氣，又溫暖，又掛着低垂的簾幕，密密實實，完全與外間隔住！花草插滿了翠綠色的壺，也薰香了讀書的地方。睡覺的時候，正晴日滿窗之時啊！

我的手覺得寒冷，所以不能完成奕棋之事。惟有燃燒籠中之香料，助我仔細地校勘唐代的碑銘。我這裏沒有酒，所以亦無吟詠的情緒。這個天氣，又是梅花將開和天將下雪之時呢！

三·柳梢青 ｜ 楊花

似霧中花，似風前雪，似雨餘雲。本自無情，點蘋成綠，卻又多情。

西湖南陌東城。甚管定、年年送春。薄倖東風，薄情游子，薄命佳人。

● 語譯

它朦朦朧朧，似霧中之花；它飄拂不定，似風前之雪；它輕盈易散，似雨餘之雲！它本來是沒有感情的，但飄落在蘋草上，將它們點染成為綠色之後，卻又似多情起來了！

西湖南邊的小路和東邊的城鎮這些地方，楊花都包管年年將春送到的。相反的是：東風是薄倖的，遊子是薄情的，而佳人是薄命的呢！

後記

本書所用的《草窗詞》（又名《蘋洲漁笛譜》）的版本是上海古籍出版社的《詞林集珍》本。這個本子以《彊村叢書》本《蘋洲漁笛譜》為底本，以《知不足齋叢書》本和《叢書集成》本《蘋洲漁笛譜》和《草窗詞》進行校勘、補遺，並以《絕妙好詞箋》、《詞綜》等選本參校，是個較為完備的本子。原本分卷一（52 首）、卷二（59首）、附編（2 首）和《集外詞》（39 首），總共 152 首。但是，本書對這 152 首詞的次序排列卻依據史克振的《草窗詞校注》（1989年本），因為史書的詞序排列大體依年代先後。這樣，不僅可以窺見草窗生平的一點事蹟，更可能追蹤他的詞風的發展。史書的《凡例》指出：「本書分為三卷。卷一收宋亡前作品 52 首，大體依年代先後排列。卷二收宋亡前作品 61 首。卷三收宋亡後作品 39 首。前18 首依年代先後排列。」總計亦是 152 首。

現時，本書仍依據史書的次序排列，以統一編號，由 1 至 152 標明每首詞作。為清楚和方便讀者起見，現將各部分詞作表列如下：

卷一：Nos.1-52 宋亡前作品，52 首，大體依年代先後排列；
卷二：Nos.53-113 宋亡前作品，61 首；
卷三（前）：Nos.114-131 宋亡後作品，18 首，依年代先後排列；
卷三（後）：Nos.132-152 宋亡後作品，21 首。

相信這個簡表可為讀者對了解《草窗詞》提供一點具體的幫助。

在研讀《草窗詞》的過程中，由於缺乏足夠的參考書，故主要依賴史先生的《草窗詞校注》，不少棘手的問題都得以解決，這點是要向史先生衷心致謝的。至於語譯，我仍然一貫地採用「半譯半解」的方法。我認為這樣對於原詞最能掌握它們的原意和有助欣賞其語言技巧。有時雖然自覺「嚕囌」一點，但總比過於「簡潔」優勝。如果一定要求「簡潔」的話，倒不如直接讀原詞了，又何須語譯呢？在過往的二十年，我語譯了六七種詞集，讀過的朋友、學生和一般讀者都認為有可取之處，至少直至今日，還未聽到非善意的批評。對我而言，這自然是一種鼓勵了！

此書之能夠出版面世，除感謝出版商外，最要多謝的還是拙荊曾影靖女士。她不僅為我作電腦輸入、校對，還為我聯絡出版商，很多極為瑣碎而又不是不重要「小事」都是她為我一力承擔的。沒有她全力支持、苦幹，這本書是肯定不能出版的！她一直以來都是我在學術研究上和藝術創作上的最大動力和助力，我衷心的感謝她。

這本書可能是我在詞學研究上的封筆之作了，希望它仍可以為詞學作出些微貢獻，至少可作為我在詞學研究上的一點值得「自珍」的小小成績。

又，書末附草窗之父周晉存詞三首，因為寫得不錯，所以都將它們譯成語體附於書後，或可供參考之用。

2023 年 4 月

黃兆漢教授著作書目一覽表

本書作者黃兆漢教授著有中英文學術專書 52 種:

【一 . 詞曲研究】

1. 《草窗詞全譯》,香港,三聯書店,2023。
2. 《清真詞全譯》,台北,稻香出版社,2022。
3. 《宋七家詞精選語譯》,香港,商務印書館,2022。
4. 《宋詞精品今譯——玉田詞精選語譯》(與馮瑞龍合著),北京師範大學—香港浸會大學聯合國際學院中國文化研究所叢書系列(1),香港,鷺達文化出版公司,2013。
5. 《宋詞精品今譯——白石詞碧山詞全譯》(馮瑞龍、馮振輝主編),北京師範大學—香港浸會大學聯合國際學院藝術文化發展中心叢書系列(2),香港,鷺達文化出版公司,2010。
6. 《二十世紀十大家詞選》(與林立合編),台灣,學生書局,2009。
7. 《明十大家詞選》(與潘步釗合編),香港,匯智出版社,2008。
8. 《唐五代十大家詞選》(與容媚薇合編),香港,瑋業出版社,2006。
9. 《清真詞選注譯》,台北,稻鄉出版社,2005。
10.《夢窗詞選注譯》,台灣,學生書局,2003。
11.《清十大家詞選》(與林立合編),台北,稻鄉出版社,2003。
12.《姜白石詞詳注》,台灣,學生書局,1998。
13.《宋十大家詞選》(與司徒秀英合編),南京,南京大學出版社,1996。

14.《金元十家詞選》，西安，太白文藝出版社，1996。

15.《清人雜劇論略》（曾影靖著，黃兆漢校訂），台灣，學生書局，1995。

16.《金元詞史》，台灣，學生書局，1992。

17.《詞曲論集》，香港，光明圖書公司，1990。

【二．粵劇研究】

1.《驚艷一百年：2013 紀念任劍輝女士百年誕辰粵劇藝術國際研討會論文集》（黃兆漢主編），香港，中華書局，2013。

2.《長天落彩霞：任劍輝的劇藝世界》（黃兆漢主編），香港，三聯書店，2009。六十萬字兩冊本，附錄雙 DVD 光碟。

3.《粵劇論文集》，香港，蓮峰書舍，2000。

4.《新馬師曾與粵劇》，香港，蓮峰書舍，1998。

5.《細說粵劇─陳鐵兒粵劇論文書信集》（與曾影靖合編），香港，光明圖書公司，1992。

6.《粵劇劇本目錄》（香港大學亞洲研究中心所藏），香港，香港大學亞洲研究中心，1990。

7.《粵劇劇本目錄》（香港大學亞洲研究中心所藏），香港，香港大學亞洲研究中心，1971。

【三．哲學及宗教研究】

1.《「內聖外王」─荀子的修身與治國思想》，香港，鷺達文化出版公司，2021。

2.《饒宗頤教授的為學與做人──及門 53 年的實際體悟》，香港，香港大學饒宗頤學術館，2020。

3. 《中國神仙研究》，台灣，學生書局，2001。

4. 《道教與文學》，台灣，學生書局，1994。

5. 《香港與澳門之道教》（與鄭煒明合著），香港，加略山房，1993。

6. *Mortal or Immortal——A Study of Chang San-feng the Taoist*, Calvarden Ltd., Hong Kong, 1993.

7. 《道藏丹藥異名索引》，台灣，學生書局，1989。

8. 《明代道士張三丰考》，台灣，學生書局，1988。

9. 《道教研究論文集》，香港，中文大學出版社，1988。

10. *Investigations into the Authenticity of the Chang San-feng Ch'uan-Chi* (The Complete Works of Chang San-feng), Canberra, Australian National University Press, 1982.

【四.藝術研究】

1. *Persistent Beauty of Chinese Culture: Talks on Chinese Art and Culture*, Hobart, Tasmania, Australia: Chinese Art Society, Australia, 2018.

2. *Our Chinese Treasures: A Gift to the Queen Victoria Museum and Art Gallery From Professor Wong Shiu Hon and Mrs Nancy Wong*, Launceston, Queen Victoria Museum and Art Gallery and Chinese Art Society, Australia, 2018.

3. 《學藝相輝：饒宗頤教授書畫藝術我見》（鄧偉雄主編），香港，香港大學饒宗頤學術館，2015。

4. 《藝術反思錄》（馮瑞龍、馮振輝、朱宇主編），北京師範大學—香港浸會大學聯合國際學院藝術文化發展中心叢書系列（1），香港，鷺達文化出版公司，2011。

5. 《嶺南畫派研究》，香港，蓮峰書舍，2002。

6. 《黃氏珍藏古物圖錄》（與曾影靖合編），香港，1996。

7. 《藝術論叢》，香港，光明圖書公司，1991。

8. 《嶺南畫派作品幻燈片目錄提要》，香港，香港大學亞洲研究中心，1972。

9. 《高劍父畫論述評》，香港，香港大學亞洲研究中心，1972。

【五. 文學及藝術創作】

1. *My Heart and My Mind: A Collection of Paintings and Calligraphy by Professor Wong Shiu Hon to commemorate His 82nd Birthday*, Hobart, Tasmania, Australia: Chinese Art Society, Australia, 2023.

2. 《晚晴集》，香港：鷺達文化出版公司，2020。

3. *Amalgamation and Harmony: Traditional Chinese Painting and Calligraphy on Canvas*, Hobart, Tasmania, Australia: Chinese Art Society, Australia, 2019.

4. 《靈山夜話 —— 黃兆漢雜文選》，香港，匯智出版有限公司，2018。

5. 《天天樂府》，香港，鷺達文化出版公司，2016。

6. 《倚晴樓詩草》（馮瑞龍主編），北京師範大學—香港浸會大學聯合國際學院中國文化研究所叢書系列（2），香港，鷺達文化出版公司，2014。

7. 《百花書屋詩詞稿》（馮瑞龍、朱宇主編），北京師範大學—香港浸會大學聯合國際學院藝術文化發展中心叢書系列（3），香港，鷺達文化出版公司，2010。

8. 《黃兆漢書畫選集》（鄧偉雄主編），香港大學饒宗頤學術館、澳洲塔斯曼尼亞博物美術館、北京師範大學—香港浸會大學聯合國際學院藝術文化發展中心，2012。

9. *Journey of an Artist——The Paintings of Shiu Hon Wong*, Hobart, Tasmania, Australia, Tasmanian Museum and Art Gallery, 2005.

[書名]
草窗詞全譯

[編著]
黃兆漢

[責任編輯]
寧礎鋒

[封面設計]
姚國豪

[出版]
三聯書店（香港）有限公司
香港北角英皇道四九九號北角工業大廈二十樓
Joint Publishing (H.K.) Co., Ltd.,
20/F., North Point Industrial Building,
499 King's Road, North Point, Hong Kong

[香港發行]
香港聯合書刊物流有限公司
香港新界荃灣德士古道二二〇至二四八號十六樓

[印刷]
美雅印刷製本有限公司
香港九龍觀塘榮業街六號四樓A室

[版次]
二〇二三年十二月香港第一版第一次印刷

[規格]
大三十二開（140mm × 210mm）三五二面

[國際書號]
ISBN 978-962-04-5401-1

三聯書店
http://jointpublishing.com

JPBooks.Plus
http://jpbooks.plus